시인의 공책

시인의 공책

• 구모룡 인문 에세이 •

산지니

• 서문 •

글쓰기의 여백

말이나 글로 다할 수 없는 일이 있는가 하면 한 장의 사진이나 침묵이 더 많은 의미를 던지기도 한다. 글쓰기가 힘든 까닭은 새로 보탤 말이 없으리라는 염려에 기인한다. 이미 나온 의미들을 따라다니는 일에 대한 회의도 없지 않다. 자기만의 의미란 있을 수 없다. 오직 이해의 문제일 뿐, 다른 이들이 지나쳐온 길을 좇아서 걷고 있다는 불안과 더불어 이상한 안도에 휩싸인다. 글쓰기는 새로운 의미를 만들지 못할 것이라는 불안과 타자를 통해 자신의 의도가 지니는 타당성을 확인할 때 다가오는 안도 사이에서 배회한다.

신경증을 앓으면서 갈팡질팡하는 가운데 나도 어느덧 갑년에 이르렀다. 문득 지나온 삶을 생각하면 아찔하기만 하다. 뱉어버린 말들, 활자화된 글들, 돌이킬 수 없는 일들이 눈앞에 어른거린다. 어떤 글들은 과연 내가 썼냐는 놀람을 자아내기도 하지만 대부분 어찌 이렇게 썼을까 탄식하게 한다. 그저 읽고 쓰고 살아온 이력에 지나지 않는다고 여기는 편이 낫다. 결코 화려하거나 내세울 경력도 아니니까 하는 말이다. 그럼에도 새로운 스타일에 대한 기대는 여전하다. 결국 형태로 의미의 불안을 가린다.

글을 읽는 이들이 내가 의도한 의미를 따라줄까? 읽는 이가 자신의 의미를 구성할 가능성이 크지 않을까? 그 누군가 내 글을 읽지 않는다면 내 글은 빈 여백과 다를 바 없다. 다행히 그 누군가가 내 글을 읽는다 하여도 그가 생성하는 의미가 전부 내 것이라고 우기지 못한다. 나와 그 사이에 너무나 많은 여백이 있다. 그 여백은 눈길 위의 발자국보다 넓고 깊다. 텍스트의 본디 모습은 텅 빈 공책과 다르지 않다. 활자가 박힌 책이나 온통 여백인 공책은 텍스트라는 점에서 같은 위상을 점한다. 활자를 따라가다 눈이 감기거나 의미의 미로에서 길을 잃을 때마다 책은 공책으로 변한다.

하얀 공책 위에 고유의 글자를 새길 수 있는 이가 있다면 그는 행복하다. 읽지 않으면 쓸 수 없는 나는 불행한 의식에 사로잡혀 있다. 시인과 작가에 대한 존경은 그들 중에 읽지 않고 쓸 수 있는 이들이 있으리라는 믿음에 연원한다. 공책

하나만 들고 온 세상을 서술할 수 있다면 얼마나 좋을까? 읽지 않은 책들이 더 많은 서재에 갇혀 온갖 가려움에 시달리며 나의 영혼은 낡아만 간다. 언제쯤 글쓰기의 모순에서 헤어날 수 있을까?

아직 나는 나만의 글쓰기의 행로를 찾지 못하고 있다. 논문과 평론을 쓰면서 때론 실증의 무게에 이끌리고 방법과 이론의 인력에 속박되었다. 대지의 숨결을 느끼는 발바닥과 보다 자유로운 손가락을 갖고 싶다. 더욱 말랑해져 살아 있는 기운들이 넘나들기를 원한다. '시인의 공책'이라는 표제는 나의 요원한 열망을 반영한다. 여기저기 썼던 글이지만 뚜렷한 과정임에 틀림이 없다. 자유로운 영혼의 에세이가 나의 손가락 끝에서 풀어져 나오기를 고대한다. 이를 위해 나는 공책을 끼고 다닐 요량이다.

오랜 동안 에세이를 쓸 기회를 준 지역의 언론사와 매체들에 감사의 인사를 전한다. '인문 에세이'라는 부제처럼 에세이라는 형식을 지향하였다. 말 그대로의 에세이에 육박하였다는 말은 아니다. 글쓰기의 교착에 빠진 나의 상태를 넌지시 짐작하고 저간의 과정을 정리할 계기를 만들어 준 도서출판 산지니 대표와 편집자들이 고맙다. 비평이든 출판이든 모두 매개하고 소통하는 작업이다. 낯선 타인을 위한 사랑의 마음이 없다면 한갓 허구에 지나지 않을 일이다. 지역을 사랑하고 세계를 지향하는 도서출판 산지니와 내 책이 함께하는 데 만족을 표한다. 더욱 익숙하고 훌륭한 동행이 될 수 있기를 기대한다. 이 책을 매개로 많은 이들과 함께 만날 수 있기를 바란다.

2018년 여름

구모룡

• 차례 •

•1부•

시인의 정의

마음에 시정을 품은 이는
누구나 시인이다.

시인의 정의(正義)

시인의 정의를 나타내는 개념으로 시적 정의(poetic justice)가 있다. 시인의 감정과 자신이 설정한 높은 도덕 원칙이 시 속에서 일치하는 과정을 의미한다. 순전히 개별적이고 유일하다. 시인이든 일반인이든 이러한 과정을 통하여 성장한다. 시적 정의와 함께 시인은 시적 허용(poetic licence)을 누린다. 이는 관습적인 언어 사용을 거부하고 기존의 시적 문법 체계를 벗어나 새로움을 추구할 수 있는 시인의 자유를 뜻한다. 얼핏 상충하는 개념으로 보이지만 그렇지 않다. 초현실주의가 증명하듯이 새로운 형식을 추구하는 일은 새로운 사회를 구성하려는 욕망의 표현이다. 시인은 사적인 발화를 통해 공적인 존재가 되는 운명을 타고났다.

최근 미당 서정주 시인을 기념하는 문학상을 두고 존폐 논란이 뜨겁다. 그가 조선인 가미카제 특공대의 죽음을 성스러운 행위라고 칭송하거나 한 독재자의 생일을 축하하고 아첨한 송시를 쓴 사실이 빌미가 되었다. 새삼 새로울 것도 없이, 결코 치유할 수 없는 피부병처럼 우리 문학의 상처가 도지고 있다. 일각에선 시인의 순진한 성품이 저지른 단순 실수라고 넘어가자고 한다. 그러나 순진함은 어린아이의 자질이거나 착하기만 한 사람의 성격이지 훌륭한 시인이 견지해야 할 태도가 아니다. 시인에게 부여할 수 있는 시적 허용은 더욱 아니다. 한마디로 정의롭지 못한 행위로 비난받아 마땅하다.

미국의 법철학자 마사 누스바움은 시적 정의를 공적 담론으로 승격하려 했다. 믿는 구석이 있었던 탓이다. 그의 저서 『시적 정의』는 미국의 국민시인 월트 휘트먼에 기대고 있다. 월트 휘트먼을 근거로 사적 담론인 시적 정의를 공적 담론으로 쉽게 옮겨놓는다. 시인과 시의 특수한 위치를 논하기보다 월터 휘트먼의 높은 자질을 내세운다. 그녀가 휘트먼의 시에서 추출한 몇 가지 주제들은 "사회적 배제의 고통, 동성애자에 대한 소외와 성 · 종교 · 인종에 근거한 다른 배제들이 맺는 관계, 모든 시민들이 갖는 성적 자유 혹은 그 외의 자유에 대한 권리" 등이다. 아울러 "사랑으로 찬 영혼과 불같은 말!/깊고 깊은 심원을 꿰뚫고 세상을 톺아보는 눈!"으로 이 권리들을 '찬찬히 살펴볼' 수 있는 정치적 합리성을 함양하는 노력의 중요성을 휘트먼을 경유하여 찾아낸다. 그는 휘트먼이

"시민들이 갖는 다양한 자유권과 평등권의 중요성에 대한 문학적 상상력"을 제공하였고 이것이 "이러한 권리들을 다루는데 소중한 길잡이를 제공한다"고 생각한다.

누스바움이 휘트먼에게서 찾아낸 공적 담론으로서의 시적 정의는 타당하다. 그러나 모든 시인들이 이러한 시적 정의를 추구한다고 할 수는 없다. 어떤 시인들은 나르시시즘의 장벽을 넘지 못하고 자기로 회귀하는 감성의 회로 속에 갇힐 수 있다. 순진하게 자기를 전시하면서 자족하는 경우도 없지 않다. 또 다른 시인들은 세계 부정과 자기 부정의 우울한 상황에 처하여 비의적인 목소리를 반복한다. 자아의 감옥을 열어젖히고 타자와 세계의 고통 속으로 나아가는 길은 험난하다. 시인이라고 하여 예외일 수 없다.

미국 민주주의의 이상을 제시한 월트 휘트먼같이 존경할 만한 국민시인이 우리에겐 없는가? 도스토예프스키는 "아름다움이 세상을 구원할 것"이라고 하였다. 위선과 위악의 아름다움을 말하고 있지 않다는 것은 누구나 알 수 있다. 악의 도전 앞에서 굴하지 않는 선이야말로 진정한 아름다움의 거처이다. 아름다움과 선함은 서로 분리되지 않는다. 시인의 정의는 아름다움을 추구하는 자유가 선한 실천으로 나아가는 과정에서 빛난다. 그럴 때 사적인 정의는 공적인 정의로 비등한다. 미당의 시에서 이러한 과정이 중대한 결여로 나타나고 있다는 미학적 증거는 많다. 굴종과 아첨을 비난하기 이전에 시적 한계를 지적하는 일이 요청된다. 그에게 남성적인 힘을 숭배하는 섬세하고 날카로운 자기중심적 감성이 있었던 것이 아닐까? (2017. 8. 30.)

패터슨의 공책

짐 자무시 감독의 영화 〈패터슨〉이 남긴 여운이 길다. 윌리엄 카를로스 윌리엄스은 평생 소아과 의사로 살면서 시를 쓴 미국의 시인이다. 그의 시집 『패터슨』은 자전적인 인물인 패터슨 박사를 내세워 고향인 뉴저지 패터슨을 노래한다. 영화 〈패터슨〉에는 패터슨에서 버스 운전사로 살면서 시를 쓰는 패터슨이 등장한다. 이로써 감독의 의도가 윌리엄 카를로스 윌리엄스의 시를 영화로 불러내는 데 있음이 분명하다. 영화의 주인공은 윌리엄스를 따라 그의 생애처럼 일상생활 속에서 시를 읽고 시를 쓴다. 그만의 공간인 지하 서재에는 시인 윌리엄스의 사진이 걸려 있다. 데이비드 소로, 잭 런던, 월러스 스티븐스 등의 책들과 함께 여러 판본의 시집 『패터슨』들이 산재한다.

확실히 영화의 주인공 패터슨은 윌리엄 카를로스 윌리엄스를 추앙하고 모방한다. 시를 쓰는 감독인 짐 자무시의 욕망을 반영하고 있는 이 영화가 감독의 작위임에 분명한 여러 패터슨들의 병치로 얻으려는 효과는 무엇일까? 그자비에 드 메스트르의 에세이 『내 방 여행하는 법』과 같은, 미시적이고 섬세한 정신을 부각하려는 염원일까? 아니면 추상화되는 삶으로부터 구체적인 감각을 회복하려는 시도일까? 이도 아니면 진정한 삶의 양식에 대한 갈망일까? 어떤 이들은 아내 로라의 모습을 들면서 삶에서 새로움의 가치가 무엇일까라고 묻는다. 실내 디자인을 거듭 바꾸고 수제 컵케이크를 만들어 내다 팔면서 기타를 배워 컨트리 싱어가 되려고도 하는, 로라의 행위에 이름을 얻고 부를 획득하려는 욕망이 숨어 있다고 한다면, 아무런 보상을 기대하지 않고 시를 쓰는 패터슨은 무상의 욕망을 지녔다는 해석이다.

시를 써둔 공책을 반려견 마빈이 찢어놓은 이후에 패터슨은 점심시간에 자주 들르는 폭포가 있는 공원으로 간다. 사라진 시편들에 대한 상실감을 달래기 위한 배회이다. 이 대목에서 돌연하게 일본 시인이 등장하는 장면이 주목된다. 이 영화가 '와비 사비 라이프'와도 무연하지 않음을 말하려고 한 것일 수도 있지만, 이보다 그가 전해준 공책에 눈길을 주지 않을 수 없다. 반복되는 일상 속에서 타자에 대한 사랑의 감정과 미세한 삶의 숨결들을 기록한 시편들이 담긴 공책은 사라졌지만 다시 여백으로 가득한 새로운 공책이 패터슨의 손에 들리게 된다. 공책은 비어 있음으로 수많은 가능성을 지닌 장소이자 무에서 유가 발현하는 지점이다. 이러한 측면에서 패터슨에게 주어진 공책의 의미가 중요하다.

만일 패터슨이 시집이라는 성과를 통해 부와 명성을 추구하는 사람이라면 어떠했을까? 그는 당장 우울증에 빠졌을 공산이 크다. 성취와 자기전시의 욕망이 좌절되었을 때 나르시시즘의 우울증은 엄습한다. 한병철은 『에로스의 종말』에서 우울증을 낳는 것이 병적으로 과장된 과도한 자기 관계라고 한 바 있다. 남과 다른 시를 쓰기 위해 끊임없이 자기를 착취하는 시인이라면 공들여 써둔 시편들이 담긴 공책이 사라졌을 때 절망하지 않을 수 없다. 인정과 성공의 문턱이 파괴된 탓이다. 하지만 시집으로 명성을 얻으려 하지 않고 시를 쓰면서 진실한 마음의 삶을 욕망하는 패터슨은 결코 절망하거나 우울증에 빠지지 않는다. 그에게 시는 생성하는 무(無)에 가깝다. 텅 빈 '공책'과 같은 마음에서 나온다.

공책이라는 사물 현상이 말하듯이 시는 무의 바탕 위에서 생동하는 생명의 과정과 같다. 짐 자무시의 〈패터슨〉이 윌리엄 카를로스 윌리엄스를 호명한 의미가 공(空) 혹은 무위의 사상과 연관이 있다고 말하면 지나친 비약일까? 그의 영화로 인하여 뉴저지 패터슨이 뜨는 관광지가 되었다고 한다. 순례가 이뤄지는 장소가 되길 기대할망정 스쳐 지나는 비장소로 전락하길 그가 원하지 않았으리라 생각한다. 공책이 사라지고 컴퓨터와 핸드폰이 노트가 된 시대에 시를 쓰는 버스 운전사 이야기가 한갓 희귀한 화제로만 그칠까? 아니면 그를 통해 잃어버렸거나 놓친 인간의 얼굴을 되찾을 수 있을까? (2018. 4. 4.)

잠든 시심을 깨우다

작년에 칠곡의 할머니들이 시집을 내어 세간에 화제가 되었다. "시가 뭐고?" 할머니들이 쓴 시집의 표제다. 시가 뭔지도 모르면서 쓴 시라는 말일까? "논에 들에/할 일도 많은데/공부시간이라고/일도 놓고/헛둥지둥 왔는데/시를 쓰라 하네/시가 뭐고/나는 시금치씨/배추씨만 아는데"(소화자, 「시가 뭐고」 전문). 이처럼 시를 알지 못하는 자신의 황당한 마음을 표출한 글이 시가 되었다. 그런데 시란 무엇인가? 학생들이나 일반인들에게 물으면 뻔한 답이 돌아온다. 모른다거나 중고교 시절에 배운 개념을 되짚는다.

칠곡 할머니들이 쓴 시편들은 다양하다. 대체로 일상의 애락과 지난날의 경험을 이야기한다. 사투리가 섞이면서 발화의 양상도 다채롭다. 매우 진솔하고 단순하다. "마늘을 캐 가지고/아들 딸 다 농가먹었다/논에는 깨를 심었는데/검은깨 농사지어서/또 다 농가먹어야지/깨가 아주 잘났다"(박차남,

「농가 먹어야지」 전문). 농사지어서 나눠 먹는다는 뜻이 토박이의 입말로 여지없이 다가온다. 대부분의 시편들이 자연의 섭리를 따르면서 가족과 이웃을 사랑하고 배려하는 마음을 표출하고 있다. 이런 가운데 "목숨은 초로와 같아서/한 번 가면 다시 못 온다/허나/명사십리 해당화야/꽃 진다고 설어 말아라/내년 봄이면/그 꽃 다시 만날 수 있으니"(김정임, 「해당화와 나」 전문)와 같이 노년의 정서를 집약하기도 한다.

그렇다면 다시 시란 무엇인가? 시에 관한 정의의 역사는 오류의 역사이므로 최소의 정의로 만족하자고 한다. 여기서 최소의 정의는 시를 시행을 통한 발화로 이해한다. 실상 이러한 정의조차 줄글로 된 산문시의 존재로 무색해진다. 일본의 시인 다니카와 슌타로는 일상의 어법으로 재미있는 시를 많이 썼다. 가령 「여기」라는 시는 "어딘가 가자고 내가 말한다/어디 갈까 하고 당신이 말한다/여기가 좋을까 하고 내가 말한다/여기라도 좋네 하고 당신이 말한다/얘기하는 동안 해가 지고/여기가 어딘가가 되어간다"라는 진술을 얻고 있다. 어찌 보면 칠곡 할머니들의 정서와 그리 멀리 있는 것 같지 않다. 그는 시를 "행갈이를 해서 쓴 시작품과 마음속에 있는 시정(詩情)"으로 구분한다. 그리고 전자가 힘을 잃어가고 있는 반면 후자는 다양한 형태로 스며들어 있다고 한다. 그가 말하는 다양한 형태란 게임, 만화, 영화, 텔레비전과 같은 대중매체를 포함한다.

항간엔 문학청년이 보이지 않는다고 우려하는 목소리가 크다. 그렇지만 다니카와 슌타로가 지적한 것처럼 시정이 사라졌다고 말할 수는 없지 않을까? 시를 쓰는 청년들이 희귀한 것은 사실이다. 그럼에도 자신을 돌아보고 이웃과 세상을 염려하는 마음을 지닌 청춘이 준 것은 아니다. 다니카와 슌타로는 "시정의 힘은 아주 자그마한 힘이지만, 폭력이나 재력, 권력 같은 강대한 힘에 대항할 하나의 실마리가 되리라 생각하고 있다"고 말한다. 칠곡 할머니들도 이러한 실마리를 표출하고 있다.

『충분하다』라는 유고 시집을 남기고 몇 년 전에 세상을 떠난 폴란드의 위대한 시인 비스와바 심보르스카는 「나의 시에게」라는 작품을 통하여 시를 네 가지로 유별하였다. 가장 좋은 경우로 꼼꼼히 읽히고 기억되는 시, 그 다음으로 그냥 읽히는 시, 세 번째로 막 완성되었는데 쓰레기통에 버려지는 시, 마지막 넷째로 미처 쓰이지 않은 채 자취를 감추는 시. 이 가운데 마지막은 "흡족한 어조로 네 자신을 향해 뭐라고 웅얼대면서" 사라진다고 한다. 심보르스카는 "쓰는 즐거움./지속의 가능성./하루하루 죽음을 향해 소멸해가는 손의 또 다른 보복.”(「쓰는 즐거움」 부분)이라는 시구를 남긴 바 있다. 마음에 있는 바를 밖으로 나타내고 그것을 글로 쓰는 일이 살아 있음의 지극한 자각이라는 뜻이리라.

시가 죽었다고 단언하지 말자. 시가 사라지고 있다고 한탄하지 말자. 우리가 시를 잊고 있다고 염려하지 말자. 마음에 시정을 품은 누구나 시인이다. 다시 시심을 일깨우는 일을 칠곡 할머니들이 하지 않았는가? (2016. 7. 5.)

시인과 배우의 철학

척도와 평가가 거부되는 현실이다. 작품의 탁월성을 따지는 엘리트주의는 자주 냉소의 대상이 되고 만다. 문화 민주화 이후에 생긴 현상이다. 본디 엘리트주의는 대중에 대한 멸시라는 비민주적인 측면에서 비판받았다. 대중의 성장과 더불어 대중을 옹호하는 새로운 엘리트주의가 기존의 교양주의를 붕괴시키면서 문화 민주화가 대세가 되었다. 이러한 가운데 반교양주의도 성장한다. 진지한 인문학도는 줄어드는데 세간에서 인문학 열풍이 일어나는 기이한 풍경이나 시는 읽히지 않는데 시인은 늘어만 가는 장면이 전개된다. 삶의 진리를 궁구하거나 시적 경지를 다투기보다 당장의 실용성과 세속의 명성에 유인된다. 강좌, 콘서트, 낭독회, 공연은 전례 없이 증가하였다.

시 분야에 한정할 때 오늘의 현실을 시인의 자기전시의 과잉으로 볼 여지가 많다. 시가 시인의 명성을 담보하면서 사유화되었다는 말이다. 시인이 교환가치라는 위선의 대열에 동참하는 현상이 적지 않다. 이는 배우가 이름을 얻어 대중의 추앙을 받으려는 태도와 다르지 않다. 시가 아니라 신분의 상승이 관심의 궁극이 된다. 하지만 훌륭한 시인은 훌륭한 배우가 그러하듯 위선을 벗고 진정한 자기를 대면한다. 그는 경험의 주인공으로서 이미지들이 지배하고 진짜 경험이 사라지는 현실에 이의제기한다. 새롭게 교양주의를 살려야 하는 까닭이 여기에 있다.

훌륭한 시인에게는 두 지평이 부여된다. 고통에 대한 지각과 타자되기. 윤동주가 이뤄냈듯이 자기의 고통에 대한 자각으로 타자의 고통을 공감한다. 어떠한 고통은 타자와 세계를 완벽하게 차단하지만 타자의 고통에 대한 깊은 인식은 차원 높은 사랑으로 발전한다. 고통은 인간적인 성찰의 시작이다. 나르시시즘을 극복한 시인이 타자의 고통 속으로 관심을 전환하는 일은 자연스럽다. 시인이 배우의 철학을 배우게 되는 대목이다. 타자되기는 달리 역할의 나르시시즘이라고 할 수 있는데 시인과 배우는 그 방법과 지향에서 만난다.

시인과 배우는 우리의 존재가 입어야 하는 이상적 형식을 찾아 골몰하는 이들이다. 모두 타자를 위하여 타자가 되는 노력을 경주한다. 시인의 시적 주체는 단일한 동일성으로 회

귀하거나 그것을 지키려는 자아가 아니라 타자와 만나고 이타성과 연대한다. 배우도 단지 연기에 머물지 않으며 재현하려는 삶과 합치하려는 가열한 의지를 갖는다. 어쩌면 진실한 배우는 시인이 의도하는 궁극의 길목에서 서성인다. 우리는 시는 가장 주관적인 문학의 종류 중 하나이지만 그럼에도 다른 그 어떤 것만큼이나 보편을 지향한다는 역설에 주목할 필요가 있다. 이러한 입장을 받아들일 때 시적 주체는 부분과 개별이 아니라 시대적이고 역사적인 성격, 문화의 큰 움직임을 만들어내는 동시대인의 전형적인 형상으로 볼 수 있게 된다. 시는 자신과 자신의 감정에 대한 말이 아니며 드러난 관점, 사물에 대한 주체적 태도와 평가라 할 수 있다.

낭만주의가 다시 주목된다면 그것은 추상화되어 가는 사회에서 구체성의 느낌을 회복하려 했다는 사실에서 찾아진다. 마찬가지로 생철학은 삶의 욕구와 활력에 집중한다. 모두 자본주의 현대 사회의 추상화에 대한 대응이다. 여기서 추상화는 일반화된 등가성의 위선과 흡사하며 경험의 죽음에 상응한다. 이는 특이성을 표준화하고 중립화하여 현재의 자본주의적 실존에 대한 위협이 되지 못하게 무력화한다. 추상적으로 재편된 세계에서 구체성을 회복하고 창조하는 작업은 시적 생산의 핵심원리이다. 추상화가 삶이 교환관계의 회로에 편입되고 교환가치에 의해 지배되는 현상이라면 구체화는 이에 맞서는 사용가치의 회복을 의미한다. 시인처럼 배우도 경험이 휘발되는 현실에 응전하며 구체적인 인간상의 이상을 끊임없이 창조한다. 그는 자신과 관객에게 쾌락만을 선사하는 광대에 그치지 않는다. 타자가 되려는 변신의 의지는 새로운 사랑을 발명하려는 이타성의 실천과 다르지 않다. (2018. 2. 20.)

소설 쓰지 말라고?

"소설 쓰지 마라", "소설 쓰느냐"라는 말이 횡행할 때가 있다. 대개 진실 공방 과정에서 나타난다. 흔히 쓰는 말들이지만 이런 말들이 나돌 때 문학인으로서 마음이 편하지 않다. 도대체 소설이 뭔지나 알고 하는 말일까? 그리고 소설가란 어떠한 사람일까?

먼저 소설이 허구라는 말에 대하여 생각해 본다. '꾸며내어 구축한 글'이라는 뜻인데 사실이 아니거나 거짓이라는 말은 아니다. 그럼 허구란 무엇일까? 수사적 차원에 머무는 것이 아니라 소설가가 다른 삶, 다른 세계를 꿈꾸고 그린다는 의미가 아닐까? 그렇다. 소설가는 단지 꾸며대는 사람이 아니다. 그들은 반항아이거나 불만가 나아가서 저항하는 사람들이다. 이를 두고 정치적, 이데올로기적 편향으로 이해하면 곤란하다. '소설가들이 무엇에 반립(反立)하는가'는 개개인에 따라서 다층적이고 복합적이다. 신비주의, 원시주의, 염세주의, 이상주의, 사회주의, 무정부주의 등등 소설가가 꿈꾸는 이계(異界)는 매우 다양할뿐더러 한 작가 안에서도 모순처럼 보일 정도로 복잡하다. 가령 러시아의 고골은 리얼리즘 작가이면서 환상문학가 그리고 보수주의자로 받아들여진다. 노르웨이의 크누트 함순은 원시주의를 추구하였다. 1920년에 노벨문학상을 받았는데 나중에 파시즘 협력자로 밝혀진다. 이처럼 지금-여기와 다른 세계를 생각한다고 하여 소설이 진보적이라거나 그렇게 되어야 한다고 말하는 것은 단순하다. 물론 소설적 진실을 추구하는 일이 변혁적 상상력과 무관하다 할 수는 없다.

마루야마 겐지는 소설가들이 자신이 좋아하는 세계에만 신경을 집중한다고 비판한다. 그는 다자이 오사무는 자기를 너무 부정한 나머지 죽었고 미시마 유키오는 자기를 지나치게 긍정한 나머지 죽었다고 비난한 바 있다. 둘 다 그들이 생각한 다른 세계에 대한 신념으로 자살을 선택한 것이라는 의미다. 이런 극단의 사례에서 보듯이 소설가들이 폭이 넓다든가 종합적인 인격을 지향한다고 말할 수는 없다. 그래서 마루야마 겐지는 "왜 소설을 쓰는가란 문제보다 왜 소설가가 되었느냐는 문제를 생각하는 때가 훨씬 더 많다"고 한다. 그럼, 그렇다고, 우리가 아무렇게 당신이 소설을 쓰느냐고 말해도 되는 것인가?

페루의 작가 마리오 바르가스 요사는 소설가와 소설쓰기에 관한 세 가지 비유를 든 바 있다. 촌충과 카토블레파스와 거꾸로 된 스트립쇼. 먼저 작가는 촌충이라는 기생충을 제 몸에 품고 사는 사람이라고 한다. "글쓰기는 작가의 삶을 파먹고 사는 일"이란 것이다. "작가라는 우아하지만 진절머리 나는 직업을 자신의 본업으로 택한 사람은 살기 위해 글을 쓰는 것이 아니라 글을 쓰기 위해 사는 사람이다." 과연 그런가? 요즘 이런저런 공부를 통하여 소설을 만들 수 있다는 경향이 있다. 스토리텔링의 다변화와 픽션이 아닌 팩션(fact+fiction) 쓰기의 흐름, 나아가 캐릭터 소설의 등장 등이 그렇다. 카토블레파스는 발로부터 시작하여 제 몸을 삼키는 신화적인 동물이다. 이 또한 자기 자신을 먹고 사는 소설가의 비유로 사용되고 있다. 소설가는 이야기를 지어내는 구실거리를 찾기 위해 자신의 경험을 파헤치게 된다는 것이다. 자신의 경험을 씨앗으로 삼아 하나의 세계를 구축한다는 말이다. 이러한 과정이 마치 직업 댄서와 반대의 순서로 춤을 추는 것—'거꾸로 된 스트립쇼'와 같다고 한다. 마리오 바르가스 요사는 "창작 작업은 작가 자신의 기억이라는 재료를 언어로 이루어진 객관적인 세계, 즉 한 편의 소설로 변형시키는 작업"이라고 요약하면서 "진실한 작가는 강박관념처럼 자신의 삶이 강요하는 명령"을 충실하게 따르는 사람이라고 정의한다.

소설은 함부로 쓰는 것이 아니다. 적어도 우리가 사는 세상이 마음에 들지 않아서 다른 세상을 꿈꿀 수 있는 사람들이 쓰는 문학 장치이다. 만일 어떤 진실을 찾아가는 소설가가 있다면 그는 적어도 이 세상이 거짓으로 가득 차 있다는 생각을 품은 사람이다. 그러니 우리는 "소설 쓰지 마라, 소설 쓰느냐"고 함부로 말하지 않아야 한다. (2016. 8. 30.)

사진의 진실

전장은 말할 수 없는 사물로 가득하다. 죽어가는 사람들의 망막에 비친 영상들을 어떻게 되살릴 수 있을까? 살아남은 이조차 말할 수 없는 결여를 지니는 법이다. 많은 경우 말문을 닫고 침묵한다. 왜 그럴까? 말의 한계일까? 아니면 경험의 빈곤일까? 전장은 경험이 파괴되는 공간이다. 발터 벤야민은 "전쟁소설들의 홍수 속에서 쏟아져 나온 것은 입에서 입으로 전해지는 경험과는 전혀 다른 것"이었다고 말한다. 말할 수 없는 것, 말해지지 않은 것을 재현하는 일의 불가능성을 지적한다. 전장의 기억들은 쉽게 추상화된다. 동지와 적, 선과 악, 국민과 비국민과 같은 이분법적 대립이 쉽게 도드라지기 때문이다.

나치스의 전쟁을 반대하며 덴마크의 한 초가에 몸을 숨긴 채 망명자의 생활을 이어가던 베르톨트 브레히트는 추종자들과 대화하고 글을 쓰면서 가위를 들고 보도된 사진을 오려붙이는 작업을 지속하였다. 그리고 사진 밑에 4행시를 붙였다. 이렇게 하여 사진과 텍스트를 몽타주한 『전쟁교본』을 남긴다. 편집자 루스 베를라우는 '사진을 오려내는 방식으로 시대를 증명하려 했던 이유'를 브레히트가 작업실에 있는 굵은 떡갈나무 기둥에 써 붙인 "진실은 구체적이다"라는 문구에 주목하면서 '사실의 기록'에서 찾는다. 사진은 구체적인 진실을 담고 있는가?

한 장의 사진이 던지는 의미는 크다. 가령 4월 혁명의 도화선이 된, 최루탄이 눈에 박힌 채 숨진 김주열의 사진이나 가까이 2015년 9월 2일 터키 해변 모래톱에 얼굴을 묻고 숨진 세 살 소년 아일란 쿠르디의 사진을 기억할 수 있다. 브레히트의 『전쟁교본』에도 어린아이의 주검을 포착한 사진이 나온다. 피난처를 찾을 길 없는 유대인 피난민이 난파선에서 구조되지만 아이는 어머니의 품속에서 죽고 만다. 이 사진 아래에 브레히트는 4행시를 써둔다. 반면 사진만 있고 '일지' 혹은 '주석'으로 명명되던 4행시를 뺀 경우도 있다. 바로 죽음의 수용소로 유대인들이 끌려가고 남겨진 신발과 옷더미 사진이다. 브레히트는 사진이 말하지 않는 것을 말하고자 시를 덧붙이고 있다. 하지만 죽음의 수용소에 대하여 침묵할 수밖에 없었다.

사진은 가장 직접적인 재현양식이다. 어떤 사진들은 목숨을 무릅쓴 행위의 산물들이다. 말할 수 없고 말해지지 않는 것을 이미지로 얻으려 한다. 1944년 9월 4일 '아우슈비츠에서 온 네 장의 사진.' 히틀러는 유대인을 절멸하려는 계획 아래 지옥보다 더한 지옥인 죽음의 수용소를 만들어 유대인들을 가스실로 보낸다. 그의 친위대는 도무지 상상할 수 없는 일을 진행하면서 일체의 증거를 말살하고 증언이 불가능하도록 처리하려 한다. 이를 위해 특별 작업반을 구성하는데 이들을 '존더코만도'라고 부른다. 존더코만도는 일정 기간 동족을 가스실로 보내고 그 뒤처리를 하다 다른 이들로 교체된다. 자신의 운명을 알아차리고도 아무 말도 할 수 없는 이들은 아우슈비츠를 증언하기 위한 메모들을 병 속에 넣어 묻는다. 그 일부가 요해되어 세상에 알려지게 되었다. 이보다 더 놀라운 일이 네 장의 사진을 찍어 밖으로 보낸 사건이다.

프리모 레비가 말하듯이 아우슈비츠는 생존자들에 의해 증언되지만 그 터무니없음의 이유 자체로 기각된 정보 조서와 같다. 사람들은 상상할 수 없다는 이유로 생각하지 않거나 신뢰하려 하지 않는다. 그러나 네 장의 사진은 디디-위베르만이 지적하듯이 "나치스가 가리고자 했던, 다시 말해서 단어와 이미지를 없게 만들고자 했던 세계에서 얻어낸 네 가지 '반박'이었다." 여기서 우리는 '언어의 실종' 이후에도 살아남은 이미지를 만난다. 이 사진을 바탕으로 모든 증언들을 더하여 아우슈비츠의 실재에 도달하려는 지난한 노력은 계속되고 있다. 라슬로 네메시의 영화 〈사울의 아들〉이 그렇다. 암흑의 구멍과도 같은 증언 다큐멘터리 〈쇼아〉를 지나 어둠에서 벗어나려는 의지의 소산이다. (2017. 7. 18.)

술 취한 작가를 기다리며

프랑스에서 알코올중독이라는 용어가 사전에 처음 등장한 것은 1858년이라고 한다. 가혹한 노동에 지친 노동자들이 심신을 달래는 방편으로 술에 의존하면서 생긴 사회적 현상이다. 자본주의 사회가 발달하면서 부르주아 지배의 모순이 첨예화되던 시기에 술은 노동자뿐만 아니라 후원자 귀족을 잃고 개별화된 작가들에게도 주요한 위안을 제공한다. 묘하게도 알코올중독이라는 말이 사전에 등재되는 전후에 보들레르가 등장한다. 보들레르에게 술은 신흥 지배계급인 부르주아에게 아첨하지 않고 자존을 지키며 의식의 모험을 도모하고 자신의 도덕을 시험하면서 내면의 심연에 이르는 묘약이 된다.

동서를 막론하고 본디 술은 의례에 쓰이는 음식 가운데 하나다. 세상의 위대한 술은 모두 식물에서 나온다. 식물을 통해 발효하거나 증류하여 얻어진 액체인 술은 자연과 인간을 연결하고 인간과 인간을 교감하게 하는 신과 같은 존재, 혹은 식물에 깃든 신의 영혼으로 인식되었다. 술은 때로 세사의 번뇌를 잊고 안분지족을 구하는 갈망과 연관되기도 하지만 궁극에서 천인합일에 이르는 첩경이었다. 그러나 19세기 이후의 사회에서 자연과의 연속성이나 공동체의 유대보다 개인의 고통과 심연의 문제를 확인하는 일을 매개한다. 자연과 식물과 장소와 멀어진다. 보들레르, 랭보, 아폴리네르, 에밀 졸라, 피츠제럴드, 마르그리트 뒤라스, 헤밍웨이, 레이먼드 카버, 잭 케루악 등등 술에 취하지 않은 작가를 찾기 힘들 정도이다.

『알콜과 예술가』와 『작가와 술』을 쓴 알렉상드르 라크루아와 올리비아 랭은 술과 함께한 작가들의 다양한 삶을 흥미진진하게 서술하고 있다. 알코올중독에 관심을 보인 철학자 쥘 들뢰즈는 19세기 중반에서 20세기 중반에 걸친 많은 작가들의 모습이 슬퍼 보인다고 말한다. 숱한 작가들의 상처와 광기와 자포자기를 열거하면서 술을 마실 것인가, 일을 할 것인가라는 양자택일은 피할 수 없는 귀결이라는 입장을 밝힌다. 정신의 집중을 요하는 철학자의 처지에서 금주는 당연한 선택으로 비친다. 하지만 주정뱅이이면서 뛰어난 작가인 경우는 허다하다. 압생트에 취한 랭보의 몸은 곧 시가 되었다. 뒤라스는 매일 포도주만 마시면서 글을 썼다. 술을 마시기 위해 글을 포기한 작가도 적지 않다. 과연 이들은 "모든 인생은 물론 몰락의 과정이다"는 피츠제럴드의 말처럼 스스로를 파괴하고 만 것일까?

현진건은 술 권하는 사회를 직시하였다. 그 역시 시대에 아첨할 수 없는 체질을 드러내는 방식으로 술을 선택한다. 술 취하지 않은 이상을 상상하긴 힘들다. 술과 더불어 어두운 시대를 견뎌내거나 시대의 장벽에 온몸을 던진 이들이 적지 않는 것이 우리 문학사이다. 술과 한 몸이 된 작가, 술을 자극제로 삼은 작가, 술로 자기를 충전한 작가, 마침내 술을 끊고 더한 환상을 추구한 작가 등, 술 취한 작가들에 대한 내밀한 목록은 아직 만들어져 있지 않다. 최근 권여선의 『안녕, 주정뱅이』를 읽으면서 술이 사회 전반에 대한 물음을 제시하고 그 해답을 제공함을 다시 확인한다.

술 없이 세상의 불의와 허위를 어떻게 직면할 것인가? 가난과 고통과 슬픔을 술 없이 어떻게 이겨낼 것인가? 올리비아 랭은 술로 인해 비참해진 작가들의 면면을 매우 세심하게 보여준다. 또한 이들의 비참이 문학의 영광을 돌올하게 하였음을 지적하는 일을 빠트리지 않는다. 그러면 오늘의 작가들은 어떠한가? 알코올에 면역된 표정으로 의식의 모험을 회피하고 있는 것은 아닐까? 저마다 추상화된 기호가 된 술을 소비하면서 구별 짓기에 만족하고 있지는 않은지? 물론 술을 강권하는 말이 아니다. 그만큼 시대의 아픔과 함께하고 있는가 묻는다. 금주나 절주를 통하여 기예의 향상을 도모하는 일이 부질없다는 말도 아니다. 그저 처절했던 20세기 작가들을 떠올리면서 다시 문학의 신기원을 열었으면 하는 갈망을 표출한다. (2017. 2. 14.)

읽고 쓰며 살기

오늘날을 평생 학습 시대라고 한다. 나서 죽을 때까지 공부하며 살아야 하는 시대라고 이해해도 될 터. 89세에 돌아가신 김열규 선생은 경남 고성 출신으로 한국을 대표하는 인문학자이다. 말년에 쓴 책이 『읽기 쓰기 그리고 살기』이다. 그가 이런 제목의 책을 남긴 것에 상당한 의미가 있다.

글을 읽고 쓰는 능력이 없는 것을 문맹이라고 하는데 요즘 실질문맹이라는 말로 고쳐 쓴다. 단지 글자를 읽고 쓸 줄 안다고 하여 문맹을 벗어나는 것은 아니라는 말이다. 최근 통계에 의하면 우리나라의 문맹률은 2%밖에 안 된다. 그런데 실질문맹이라는 관점에서 이야기는 달라진다. 예를 들어 어떤 책을 읽고 이해하지 못한다면 그에 관한 한 문맹인 셈이다. 영화, 연극, 게임 등, 여러 미디어들이 있다. 이러한 미디어에 대한 이해도 마찬가지. 도시에 대한 이해력이 있는가 하면 해양에 대한 것도 있다. 우리가 해양문화에 대해서 얼마나 알고 있는가. 모르고 있다면 실질적인 문맹이다.

학생들에게 "중 · 고등학교 6년 동안 시를 공부했으니 이 시를 읽고 이야기해 보자"라고 하면 대개 바닥으로 눈을 깔고 만다. 아예 시는 나하곤 상관없다고 생각한다. 이 또한 시에 관한 실질문맹이다. 덧붙여 읽기라는 문제를 생각해 보자. 모티머 아들러가 말한 '마음의 네 가지 자산'에서 제일 낮은 단계가 정보이다. 정보는 간단하다. 많이 수집할수록 유용하다. 누구든지 용이하게 가질 수 있다. 정보가 가장 낮은 단계라면 그 다음에 지식이 배치된다. 지식은 읽고 외어야 한다. 읽지 않고 지식이 쌓일 수가 없다. 지식을 넘어서는 단계가 이해이다. 이해가 내면화될 때 지혜에 이른다.

칸트도 아름다움에 대한 인식이 우리 속에서 자란다고 했다. 취미로 특정 장르를 좋아하는 일도 상당하다. 취미가 전문성을 가지게 되는 게 일본의 오타쿠 같은 경우다. 취미로 모인 사람들이 나중에 직접 애니메이션을 제작하고 그런다. 그런데 취미 다음 단계가 오성이다. 스스로 느끼고 이해하는 것. 마지막에 자기가 판단하는 행위인데 이건 어렵다고 한다. 동아시아의 도는 추구하는 과정이 있을 뿐 궁극의 도달점이 없다. 공부는 끝이 없는 과정이다. 책을 읽고 지식을 쌓고 수양을 하고 지혜를 얻어가는 과정에 다를 바 없다. 하루아침에 될 턱이 없으니 끊임없이 읽어야 한다. 읽지 않고 다른 방법이 없다.

명사형 사고를 하는 사람들이 흔하다. 사유에서 명사는 사실 아무짝에도 쓸모가 없다. 형용사와 동사가 중요하다. 형용사와 동사를 이야기하려면 자기 생각이나 느낌이 들어가야 되고 거기에 또 의지가 개입해야 한다. 부사는 그것들을 더욱 분화시킨다. 그런데 대부분의 사고가 명사형이 되고 있다는 것이 문제다. 본디 사고의 단위는 문장이다. 더 나아가 문장보다 문단이다. 명사형 사고를 하면서 문장도 못 만드는데 어떻게 문단을 만들어내는가? 문단을 만드는 능력이 있을 때 문단이 하나가 되고 세 개가 되고 다섯 개가 된다. 문단을 만드는 능력이 있어야 글을 쓸 수 있다. 문단을 만드는 능력은 독서에서 나온다. 남이 써 놓은 글은 전부 문단으로 되어 있다. 문단으로 된 걸 읽으면서 문단을 하나의 문장으로 요약해 가면서 읽는 것이 독서다. 읽지 않고 쓸 수 없다. 좋은 글을 읽어야만 좋은 글을 쓸 수 있다.

김열규 선생이 말년에 쓴 책이 『읽기 쓰기 그리고 살기』라고 앞에서 말한 바 있다. 그는 임종 직전의 병상에서도 글을 썼다. 병상에서 쓴 글들을 묶은 유고집이 『아흔 즈음에』이다. 평생 한 일이 읽기, 쓰기, 그리고 살기라는 말이다. 그러면 인문학자만 읽고 쓰며 사는가? 그렇지 않다. 우리 모두는 읽고 쓰며 살아야 더 나은 삶을 살 수 있다. 나은 삶이라는 게 뭐냐. 우리 사회에서는 사회적인 성공을 많이 이야기한다. 이제 사회적인 성공이 아니라 개인적인 성취로 삶의 패러다임이 바뀌어야 한다. 읽고 쓰며 사는 일은 어느 누구의 삶이든 다 관여한다. (2016. 12. 20.)

증언의 목소리들

그 장단에 춤출 생각은 없다. 노벨문학상 말이다. 밥 딜런이 받은 것을 두고 스웨덴 한림원이 현대시의 새로운 방향을 제시한 것처럼 흥분하는 이가 없지 않다. 본디 노래였으니 시의 음악성을 회복하자는 주장이 있다. 일견 그럴듯하지만 모든 시인들이 개별적인 율동을 창출한다는 점에서 기원 담론은 단순하다. 근대문학이 끝장났다는 주장에 편승하기도 한다. 이때도 근대문학이 소설을 가리키고 있다는 점을 간과하면 곤란하다. 만일 내년에 노벨문학상을 그 어떤 시인이 받는다면 또 무슨 말을 할 것인가?

가사와 노래로 세상의 불의에 타협하지 않은 밥 딜런의 가치는 그만의 위대함으로 존경받아야 한다. 노벨문학상의 지명에 직면한 그의 심경은 어떠할까? 기쁠까? 아니면 망연할까? 그 어떤 모욕감은 없었을까? 아직 침묵하는 그의 태도에 비춰 적어도 양가적인 감정 상태임을 짐작하긴 어렵지 않다.

만에 하나 그가 수상을 거부한다고 하더라도 특유의 자존감을 표현한 일이라고 생각할 수 있으리라.

작년에 노벨문학상을 받은 스베틀라나 알렉시예비치는 체르노빌을 증언하였다. 그녀는 "무서운 전쟁과 혁명이 20세기를 대표한다고 하지만 체르노빌이야말로 가장 중요한 사건"이라고 한다. 과연 그런 것이 체르노빌은 과거가 아니라 현재진행형이며 또한 미래이다. 폭발 이후 유럽은 물론 아시아와 아프리카까지 대기 중으로 올라간 방사능이 퍼진 이 재앙은 우크라이나와 러시아에 한정된 국지적 문제가 아니다. 그녀의 말처럼 "체르노빌이 세계적 문제가 되는 데는 일주일도 채 걸리지 않았다."

수많은 인명을 죽거나 병들게 하며 토양을 오염시키고 생명을 앗아간 재앙은 끝나지 않고 계속되고 있다. "저준위 방사선의 영향으로 인해 암, 지적 장애, 신경정신 질환과 유전자 돌연변이의 발생률이 해마다 증가하고" 있는 현실이다. 인근의 작은 나라인 벨라루스의 경우 체르노빌 이전에 암환자가 인구 10만 명 중 82명에 불과하던 것이 현재 10만 명 중 6천 명이라고 한다. 10년 동안 사망률이 23.5% 증가하였고 대부분 46세에서 50세 사이에 사망한다. 10명 중 7명이 환자라고 하니 체르노빌 이후 현장 해체작업으로 죽은 이들과 인근 오염지역에서 최근까지 죽은 이들을 헤아리기 힘든 상황이다. 더욱 심각한 것은 폭발 직후 긴급하게 4호기를 둘러씌운 석관에 균열이 생겨서 방사성 연무질이 새어 나오고 있다는 사실이다. 그녀는 "석관은 죽었지만 숨을 쉬고 있다. 죽음으로 숨 쉬고 있다"고 말한다.

체르노빌 이후 150만 명이 사망하였다. 재앙을 봉인한 '아르카'는 21세기의 피라미드가 되었다. 우리는 『체르노빌의 목소리』를 통하여 이 절박한 현실 속에서 아름다움을 추구하는 순문학이 무슨 의미를 지니는 것인가라고 묻지 않을 수 없다. 알렉시예비치는 10여 년에 걸쳐 재난국가 벨라루스에 사는 100여 명의 사람들을 만나 그들의 이야기를 들었다. 자신의 글쓰기 양식을 '소설-코러스'라 부르는 그녀는, 일반적인 의미에서 소설가가 아니지만 영혼이 느껴지는 다큐멘터리를 통해 무한한 감동을 자아내고 있다. 그녀는 발터 벤야민이 말한 대로 '생산자로서의 작가'이다. 기존의 장치를 답습하고 관습과 제도를 추종하는 것이 아니라 이것들이 지배하고 억압한 목소리들을 불러냄으로써 구체적인 진실에 육박하고 있다.

그동안 우리는 체르노빌과 후쿠시마를 보았다. 또한 세월호를 경험하고 있다. 내가 우리나라의 움베르토 에코라 부르고자 한 김탁환은, 세월호를 계기로 역사소설을 줄이고 증언의 목소리들을 담아내었다. 『거짓말이다』가 그것인데 여러 사람의 목소리들을 포개면서 세월호 희생자 구출에 참여한 김관홍 잠수사의 진실에 이르려 한다. 훌륭한 작가는 자신의 삶이 강요하는 명령에 따를 뿐이다. 우리가 듣도 보도 못한 형식의 문학이 생성될 수 있는 것이니 문학 내부의 관습에 연연할 일이 아니다. (2016. 10. 25.)

진실을 갈망하는 문학

텔레비전 현상을 들어 인쇄매체의 종언을 고한 이는 마셜 맥루헌이다. 물론 그의 예견은 빗나가고 말았다. 텔레비전에 식상한 대중들이 다시 신문과 문학으로 귀환하였기 때문이다. 앨빈 커넌은 디지털 시대를 맞아서 다시 문학의 죽음을 꺼낸다. 디지털 혁명 이후 맥루헌의 후예들은 지난날의 과오를 만회하기라도 하듯이 맥루헌 르네상스를 선포하는 한편, 디지털 기술이 활자 기술에 의거한 책 문화를 절멸할 것이라고 서슴없이 주장한다. 일견 맥루헌 르네상스가 온 듯도 하다. 지구촌 개념이 맥루헌에서 비롯하였듯이 그의 후예들은 또한 세계화를 옹호한다. 디지털 기술이 세계를 하나로 만든다고 믿는다.

과연 우리가 사는 현실과 세계가 그러한다. 하나가 되기는 커녕 더 많은 갈등과 대립, 위험과 폭력이 증폭하고 있지 않은가? 도처의 난민들과 세계화의 하인들이 고통에 신음하고 생존에 힘겨워 하는 실정이다. 글로벌 역사와 로컬 역사가 넓고 깊게 중첩하면서 세계는 평평해지거나 얇아지지 않고 더 두꺼워졌다. 그만큼 삶의 구체적 국면이 매우 복잡해졌다는 말이다.

사정이 이러함에도 문학의 위기와 문학의 죽음 담론에 편승하여 문학의 생존 논리를 앞세운 문학주의가 불러온 것은 탈정치화이다. 자본과 시장에 저항하지 않음으로써 오히려 기이한 자기 확대를 도모할 수 있었다. 탈정치화된 문학주의가 가져온 손실은 매우 크다. 이로써 한국문학이 견지해 왔던 긍정적인 가치들 가운데 많은 부분들이 쇠퇴하거나 주류에서 밀려나게 되었다. 왜 한국문학은 더 이상 민중을 말하려 하지 않는가? 만일 사회구성 개념으로서 민중이 사라졌다면 하위주체, 약자와 소수자, 농민의 이야기를 하는 작가들은 왜 없는가? 이주 노동자와 비정규직 노동자 들을 위한 글쓰기를 하는 작가들은 있는가? 생태 환경이 파괴되는 현실을 비판하는 작가들은 누구인가? 제노사이드를 증언하고 에코사이드를 고발하는 작가는 과연 없는가? 재난으로 인한 내국 난민과 국제적 난민의 삶을 추적하는 작가는 또한 누구인가? 문학의 죽음 담론을 반사경으로 하여 이룩한 탈정치적 문학주의는 이처럼 많은 의문을 남긴다.

가라타니 고진이 근대문학의 종언을 제기하면서 한국문학이 이러한 상황에 처하였다고 지적한 일은 실제 한국문학의 탈정치화와 연관된다. 그는 인도의 작가인 아룬다티 로이를 문학 행위의 한 전범으로 내세우는데, 로이가 전쟁, 환경문제, 세계적인 경제적 격차를 글쓰기의 세 가지 최우선 과제로 생각하고 있기 때문이다. 고진이 말한 근대문학의 종언론은 김종철이 지적하듯이 문학이 끝났다기보다 종래의 문학이 가졌던 체제 비판 기능을 잃었다는 의미로 이해할 수 있다. 문학이 21세기에도 그 역할을 하려고 한다면 로이가 말한 세 가지 과제를 내용으로 하는 방식으로 다시 구축되어야 하는 것이 아닐까?

시장의 논리에 포섭되어 탈정치화한 문학이 다시 정치적 지위를 되찾는 일은 쉽지 않다. 고진이 아룬다티 로이를 예를 든 까닭도 거기에 있다. 로이는 왜 소설쓰기를 그만두었을까? 그녀는 민중 혹은 하위주체들의 고통을 외면할 수 없는 사랑의 마음을 지녔다. 그래서 소설 『작은 것들의 신』이 가져다준 부와 안락을 이들과 더불어 살기 위해 가차 없이 버린다. 그렇다면 한국의 작가들은 세계화 이후 더 심화되고 있는 양극화 현상이나 비정규직 노동자, 소수자, 이주 노동자, 농민의 문제를 망각하고 있는가? 또한 국가 권력과 자본에 의해 자행되고 있는 환경파괴와 폭력에 대하여 눈을 감고 있는가? 그렇지는 않다고 생각한다. 그러나 그럼에도, 민중 혹은 하위주체들의 이야기를 낡아빠진 뻔한 것들이라고 생각하는 이들이 더 많아 보인다. 이들에 대한, 새롭게 이야기할 방법을 찾고 있지 않은 것처럼 비친다. 다만 이들이 아니라 새로운 현실을 더 새롭게 이야기하기 위해 매달리고 있을 뿐이다. 그래서 지금 여기의 문학은 온통 새로 발명되어야 하고 더 많이 정치화되고 구체화되어야 한다. (2017. 10. 17.)

·2부·

장미의 이름으로

잔인한 사월을 지나면서 신음하던 대지에
꽃이 피고 푸른 잎이 덮인다.

촛불에 대한 잡감

훅 불면 꺼지는 촛불, 언젠가 사그라질 촛불. 너무 피상적이고 천박한 관찰이 아닌가? "촛불은 고고하게 타며, 그 주홍빛은 불끈 일어선다." 게오르크 트라클이 쓴 시의 한 구절로 나는 이를 가스통 바슐라르의 『촛불의 미학』에서 만난다. 타오르는 촛불을 보고 있으면 살아 움직이는 것처럼 느낀다. 바슐라르는 트라클의 시구를 통해 '생명이 깃든 수직성'을 읽는다. 대지의 자양분을 흡수하고 대기를 호흡하며 자라는 꽃과 나무와 같이 촛불에도 상승하는 기운이 있다. 바람이나 입김이 흔들더라도 다시 바로 서는 것이 촛불이다.

촛불은 스위치를 누르면 켜지고 꺼지는 전등과 다르다. 전등은 하나의 도구이므로 우리 스스로 불을 붙인다는 자각이 들게 하지 않는다. 기계적 동작이 빛의 출몰을 조작할 뿐이다. 촛불에 불을 붙이는 행위는 어둠을 밀어내면서 서서히 타자와 사물을 만나는 과정이다. 한꺼번에 빛을 쏟아내는 전등과 다른 경험의 두께를 부여하는 것이 당연하다. 그 외형을 모방한 LED 촛불도 꺼지지 않는 이점이 있지만 기계 장치의 조작이라는 도구적 속성을 넘을 수는 없다.

바슐라르의 지적처럼 불꽃은 다른 어떤 사물들보다 많은 상상을 강요한다. 자기의 몸을 녹이면서 타오르는 촛불은 희생과 정화의 이미지를 가진다. 먼저 내적 불순물을 제거한다는 측면을 주목해야 한다. 고요하고 깊은 자기 성찰을 요구하는 것이다. 또한 외부의 불의와 부정을 태운다는 측면이 있다. 이와 같이 촛불은 존재론적이고 사회적인 변증법을 유인한다. 주체와 세계가 지닌 악을 선으로 바꾸는 은유가 된다. 촛불의 은유는 단지 비유에 그치지 않는다. 그것은 나와 세계를 함께 바꾸는 수행에 동참하려는 의지의 간절한 표현으로 빛난다.

사람은 차가운 빛만으로 살 수 없다. 우나무노가 말했듯이 추위에 떠는 사람에게서 필요한 것은 더 많은 빛이 아니라 더 많은 열이다. 촛불은 어둠에 맞서는 빛이자 따스한 온기이다. 단독자로서 홀로 타오르면서 자기를 응시하지만 결코 홀로 버려지지 않는 공동의 삶을 갈망하게 한다. 불꽃의 가운데에서 어둠과 빛이 싸우고 있는 소용돌이를 볼 수도 있다고 바슐라르가 말했던가? 촛불의 몽상은 나의 허위를 벗고 세상의 위악을 걷어내면서 다른 곳을 사유할 수 있게 하는 계기를 형성한다. 촛불은 끊임없이 깨어 있게 한다. 전등을 켜고 잠들 수 있지만 촛불을 켜 두고 잠들긴 어렵다.

노발리스는 "나무는 꽃 피는 불꽃에 지나지 않으며, 인간은 말하는 불꽃, 동물은 떠돌아다니는 불꽃에 지나지 않는다"고 하였다. 이 말에 기대어 우리는 모두 하나의 촛불이라고 해도 되겠다. 말년의 바슐라르는 촛불이 지닌 고독한 몽상을 강조하였다. 무엇보다 우리가 견지해야 할 태도임에 틀림이 없다. 촛불 앞에서 이뤄지는 기도와 휴식과 명상이 도구성과 즉각적인 조작에 익숙한 삶을 성찰하게 한다. 정작 우리에게 필요한 것은 자기만의 방일지도 모른다.

지금 우리는 거리에서 촛불을 들고 있다. 불의와 불순함을 태워 빛을 해방하고자 함이다. 프로메테우스가 아니라 오르페우스나 나르시스를 더 닮았다. 분투하기보다 노래 부르며 즐겁게 뒤돌아보기도 한다. 촛불을 들고 함께 나아가며 열정과 분노의 감정을 발산한다. 사회적 연계를 치밀하게 하고 일상의 필요성에 갇혀 있던 모든 욕망을 자유롭게 하는 것이 성숙한 축제라고 말한 이는 앙리 르페브르다. 일상과 분리되지 않는 축제 속에서 정치적인 것이 구체적인 형태로 표출되고 있는 현실이다. 촛불은 단지 외부의 어둠을 향한 것만 아니며 개인의 내면을 향한 것이기도 하다. 개인적인 것과 사회적인 것, 일상적인 것과 정치적인 것의 변증법을 매개한다. 사람은 홀로 타오르는 촛불이다. 그러나 누구도 촛불 앞에서 외롭지 않다. (2016. 11. 22.)

다시 바로 서는 촛불

지난해 가을을 잃어버렸다. 그러니까 40여 년 전 그해에도 가을은 없었다. 대학 3학년 2학기, 중간고사를 앞두고 부마항쟁이 시작되었다. 마침 유인물이 뿌려지던 도서관 벤치에 앉아 있었던 나는 자신도 모르는 열기에 전율하였다. 난생처음 보도블록을 깨트리면서 최루탄 연기를 마셨다. 학교에서 시내로 번져간 시위는 날로 커졌고 마침내 군대가 진입하는 비상계엄령이 발동되었다. 이즈음 아버지에 의해 고향으로 소환된 나는 별난 사람이 아니었다. 함께 우리 집으로 가 있었던 친구는 지금 교사생활을 하고 있다. 보리를 파종하는 들녘에서 대통령의 유고 소식을 들었다. 내게 각인된 가을의 전설이다.

작년에 우리는 가을이 실종되는 기이한 반복을 경험한다. 37년 전 대통령이 부하의 총에 맞아 죽은 그날 한 언론사에 의해 폭로된 게이트로 또 다른 대통령인 그의 딸의 시대가

난국에 처하게 된다. 이로써 가을은 사라지고 단풍 대신 거리와 광장에 수많은 촛불들이 자리한다. 이 글을 쓰는 시점에 촛불 장정은 100일을 맞았다. 그 사이 현장을 기록한 『11월-모든 권력은 국민으로부터 나온다』(삶창)가 발간되었고 『촛불혁명 기념시집 천만 촛불 바다』(실천문학사)와 『검은 시의 목록』(걷는사람)과 같은 합동시집이 나왔다. 문학은 광장과 촛불의 의미를 어떻게 사유하고 형상하고 있는가? 아직 이러한 물음에 대한 정리는 이른 듯하다. 우리가 여전히 촛불의 행진 속에 있기 때문이다. 이러한 점에서 촛불과 광장에 대한 문학적 사유를 더 진전시켜야 한다.

"그 정도 일이면 폭동이 일어났다"라고 한 프랑스 언론인의 발언이 회자된 바 있다. 여기서 '그 정도의 일'이란 '박근혜-최순실 게이트'를 말한다. 그토록 엄청난 일에 직면하여 왜 촛불을 드느냐는 물음을 던진 것이다. 이러한 물음 속에 시민이 자부하고 세계가 칭송하는 한국의 촛불시위가 지닌 의의와 한계가 있는 것은 아닐까? 간혹 촛불혁명이라는 말을 쓰는 이들이 없지 않다. 과연 혁명인가? 한꺼번에 거대한 단절을 만들지 않는다는 점에서 말 그대로의 혁명이라 할 수 없다. 오히려 민주주의의 회복에 대한 염원에 가깝다. 가장 먼저 우리나라가 '민주공화국'임을 확인하려 한다. 헌법 1조로 명시된 민주주의의 근간에 적신호가 울렸기 때문이다. 바로 민주주의를 위협하는 내부의 적들이 백일하에 그 모습을 드러낸 것이다. 촛불은 일차적으로 이들에 대한 분노의 정동을 표현한다. 츠베탕 토도로프가 지적했듯이 "민주주의는 자기 내부에서 민주주의를 위협하는 힘을 발산한다." 위임된 권력이 사유화되거나 주권을 구성하는 다양성을 억압하는 양상이 나타나는 경우를 말한다. 분노의 정동은 민주주의가 만들어낸 적들을 향한 적대의 감정이자 이들을 혁파하고 민주주의를 되찾으려는 이행의 의지이다. 이러한 의지는 세상을 바로 보고 자기를 확인하는 노력과 결부된다. 다시 말해서 형편없는 현실 속에 매몰되지 않는 주체를 회복하고 변화하는 과정이다.

이제 대중은 양 떼가 아니라
한 명 한 명이 사자인 시대이기 때문이다
이 광장이 더 이상 시위나 데모가 아닌 것은
촛불은 약자의 분노 행진이 아니라
주권자의 권리 행진이기 때문이다

광장에서는 그 누구든 어디서건

자신이 서 있는 그 자리가 바로 중심이기 때문이다
광장의 평등은 우리 삶의 뒤틀린 질서를 질책하는
뜨거운 심장의 사상이기 때문이다

그리하여 광장은 언제나 비어 있다
우리가 모여 빈틈없이 가득 채워진 이 순간에도
광장은 텅 비어 있는 것이다
뜨겁게 뜨겁게 비어 있는 것이다

(백무산, 「광장은 비어 있다」, 『천만 촛불 바다』, 실천문학사, 2017, 97-98쪽)

이 시가 말하듯이 광장의 촛불 대중은 분노를 넘어 주권자로 자각하고 그 자신이 서 있는 자리가 중심임을 안다. 채워짐으로써 모두에게 평등한 자리, 개인의 자유와 주권이 공동체와 조화를 이루는 광장의 경험은 민주와 공화에 관한 의식 혁명에 가깝다. 이처럼 촛불의 광장에서 문학은 무엇보다 각성하는 시민의 잠재력을 인식한다. 사건에 대한 총체적 인식에 앞서 자아의 각성과 주체의 정립이 먼저다. 시적 응전에 가깝다. 그렇지만 타는 목마름으로 민주주의를 외치는 일과 다르다. 많은 이들이 박근혜 체제를 유신체제와 연관시킨다. 비약이 크다. 박근혜가 아버지의 위광을 입고 대통령이 된 것은 민주주의의 역설과 연관된다. 민주화 이후의 소위 87 체제는 선거를 통하여 민주주의를 구현해 왔다. 이런 가운데 일상 수준의 실질적인 민주주의에 대한 진전은 더뎠다. 위임된 권력이 편협한 배제와 선호를 나타내면서 민주주의의 위기 국면이 연출된 경우가 적지 않다. 이러한 가운데 박근혜 정권은 제대로 된 검증 없이 정권 획득이라는 단기목표 아래 출현한다. 최초의 여성 대통령이라는 기대와 달리 커다란 위험을 내재한 권력이 등장한 것이다. 민주주의가 스스로 적을 만들었으니 민주주의의 역설이 아닐 수 없다. 그러니까 현금의 촛불광장은 실질 민주주의로 가는 과정이라 할 수 있다.

그동안 '민주화 이후의 민주주의'에 대한 논의가 없었던 것은 아니다. 그럼에도 정파와 이념의 프레임에 갇히고 선거행위로 단순화되면서 민주주의를 민주화하지 않으면 안 되는 국면에 도달하였다. 민주주의가 심각하게 후퇴한 현금에 이르러 민주주의를 다시 숙고하고 학습해야 하는 것이다. 정치와 경제 영역과 마찬가지로 문화 민주주의도 순조로운 이행을 이루지 못한 것이 사실이다. 단계론으로 말하자면 문화 민주화 단계에서 블랙리스트가 웅변하듯 퇴행하는 국면이 아닐까? 또한 광장의 축제가 말하듯 문화민주주의의 기초를 형성해야 할 단계가 아닐까? 문화 민주화를 경과하면서 문화민주주의로 이행한다는 것이 이미 알려진 단계론이다. 문화 민주화는 문화예술의 폭 넓은 향유를 지향한다. 2005년 6월 문화예술법 개정을 통하여 한국문화예술위원회를 설치한 것이 첫 단계라 할 수 있다. 이후 지역문화진흥법(2014년 1월) 등을 통해 문화 민주화가 확산된다. 문화민주주의는 2006년 5월 공표한 문화헌장에 반영되어 있고 2013년 제정한 문화기본법의 근간이 된다. 문화 민주화와 문화민주주의는 엄밀하게 이행 단계로 볼 수 없으며 상보적인 관계 속에서 발전한다. 하지만 오늘날 한국사회에서 벌어지고 있는 현상은 문화 민주화의 위기에 가깝다. 문화민주주의는 아직 개화한 바 없다고 보아도 무방할 것이다.

거리에서 촛불과 함께 주체가 되는 경험은 문화민주주의를 위한 기초라 할 수 있다. 문화민주주의의 진전을 가로 막는 첫째 요인은 사람이다. 권위주의적 통치 방식이 최대의 적이다. 이들에겐 헌법정신에 기반한 문화헌장과 문화기본법에 대한 인식이 없다. 다음으로 표현의 자유를 가로막는 각종 법과 제도를 들 수 있다. 국가보안법, 방송통신법, 공직선거법, 도로교통법, 집시법, 경범죄처벌법 등등 여러 형태의 법들이 문화민주주의의 가능성을 제약하고 있다. 문화민주주의의 길을 가기 위한 문화전쟁의 시대에 돌입한 상태에서 법과 제도의 개폐는 반드시 수반되어야 한다. 하위문화와 거리 예술의 활성화는 문화민주주의의 출구이다. 단순한 체험의 민주화가 아니라 자유로운 실천, 주체형성, 문화 다양성이 실현되는 문화민주주의로 가는 기초를 어떻게 찾을까? 촛불광장은 이러한 물음을 던진다. (2017. 3. 1.)

장미의 이름으로

장미의 이름. 움베르트 에코의 소설 제목이다. 소설을 읽은 독자는 알겠지만 이 제목과 내용은 직접적인 연관성이 없다. 그가 처음 생각한 제목은 '수도원의 범죄사건'이다. 그러나 그는 얼마 지나지 않아 이 제목을 파기한다. 너무 뻔하기 때문이다. 그 다음으로 '멜크의 아드소'도 화자를 내세웠다는 점을 들어 버린다. 지금의 표제로 간 것은 그야말로 우연이라고 한다. 장미 전쟁, 신비스러운 장미, 다른 이름으로 불리는 장미, 장미 십자단 등의 쓰임으로 장미가 상징하는 의미가 정확히 헤아려지지 않는 데 착안한 것이다. 그러니까 그는 독자의 주의를 산만하게 할 의도로 이 제목을 선택한다. 그는 "제목은 독자를 헷갈리게 하는 것이어야 하지, 독자를 조직하는 것이어서는 안 된다"고 말한다.

많은 시인들이 장미를 노래하였다. 특히 릴케의 시구는 그의 유언에 따라 묘비에 새겨졌다. "장미여, 오 순수한 모순이

여, 기쁨이여./그 많은 눈꺼풀 아래에서 그 누구의 잠도 아닌 잠이여." 시인의 생애를 함축하는 아름다운 묘비명이다. 그는 "활짝 핀 장미의 내부에 담긴 호수에는 어떤 하늘이 비치는가"라고 묻기도 하였다. 장미를 통하여 사물의 심연을 보고 있다. 그를 제외하고 그 누가 있어 장미의 내부에서 호수와 하늘을 보았겠는가. 릴케의 장미를 자신의 시작업의 과제로 삼은 한국시인은 김춘수이다. 릴케를 경유하면서 의식에 비친 대상을 그대로 그려내는 사물시를 쓴 바 있다. 릴케의 장미가 하나의 시적 이상으로 다가왔던 탓이지만 여성, 에로티시즘, 정열, 생명 등을 함축하는 은유로부터 장미를 벗어나게 하였다.

"더불어 꽃길을 걸을 날은 언제뇨/하늘은 푸르러서 더 넓고/마지막 장미는 누구를 위한 것이냐." 노천명이 「오월의 노래」라는 시를 통해 도착한 장미이다. 여기서 장미는 그녀가 붙들고자 한, 정염을 품은 아름다움에 다를 바 없다. 불모와 고갈로 갈 수밖에 없는 인간의 몸에 되비친 형상이다. 장미의 이미지를 에로티시즘으로 끌고 간 이는 마광수이다. 시집 『가자, 장미여관으로』가 던진 파문을 기억할 수 있다. 그러나 우리는 칠레의 시인 비센떼 우이도브로가 한 말을 새길 필요가 있다. "장미를 노래하지 말고 시 속에서 꽃피게 하라." 〈죽은 시인의 사회〉에서 해고된 키팅 선생도 학생들에게 "시간이 있을 때 장미 꽃봉오리를 즐겨라. 너만의 인생을 살아라"라고 말한다. 마광수의 '장미여관'은 키팅의 장미와 멀어도 너무 멀다. 우리는 그동안 장미의 이미지를 지나치게 한정한 것은 아닐까? '어린 왕자'가 소혹성에서 자기가 길들이던 장미로부터 떠나온 것처럼 장미를 제대로 알려고 하지 않은 것은 아닐까?

환희와 아름다움의 장미만 있는 것이 아니다. 가슴 아픈 장미도 많다. 파울 첼란이 말한 "아무것도 아닌, 아무도 아닌 자의 장미"가 그러하고 나치즘에 저항하다 죽은 조피 숄과 오빠 한스 숄의 백장미가 그렇다. 죽음의 수용소에서 살아남은 첼란에게 찬미할 대상은 무엇이었을까? 찬미할 궁극을 잃은 그가 스스로 소멸을 선택한 일은 지당한가? "다시 태어나도 똑같이 행동할 거야"라고 말한 숄의 죽음은 '아무도 미워하지 않는 자의 죽음'이다. 그들은 영원한 백장미로 피어나고 있다. 히틀러가 태워 없앤 모든 생명들은 장미의 이름으로 다시 소생한다. 잔인한 사월을 지나면서 신음하던 대지에 꽃이 피고 푸른 잎이 덮인다.

오늘날 기술 조작으로 푸른 장미를 피울 수 있다고 한다. 그러나 본디 푸른 장미는 없다. 많은 이들이 지상에 존재하지 않는 푸른 장미를 상상하였다. 제임스 조이스의 『젊은 예술가의 초상』에 등장하는 주인공인 스티븐 디덜러스도 푸른 장미를 추구하였다. 그는 보이는 것을 넘어서 보이지 않는 것을 꿈꾸면서 스스로 현실로부터 유배된 자가 된다. 마침내 아무것도 섬기지 않음으로써 새로운 세계를 얻는다. 벌레 먹은 장미, 병든 장미의 현실을 초극한 것이다. (2017. 5. 10.)

봄날은 간다

윤동주 시인의 애창곡이 흑인영가 〈내 고향으로 날 보내주〉였다는 것은 잘 알려져 있지 않다. 식민지 시인의 고향 상실감을 노래에 실었을 것이라 추측한다. 몇 년 전 한 문학잡지가 한국문인의 애창곡을 조사한 바 있다. 그 가운데 백설희가 부른 「봄날은 간다」가 가장 많은 표를 얻었다. 이 노래를 좋아하는 이들이 비단 문인들만 아닐 터이다. 어쩌면 이 노래가 우리가 지닌 정조의 여러 측면을 대변하고 있는 것은 아닐까 한다.

그래서인지 백설희 이후 배호, 문주란, 조용필, 심수봉, 한영애, 장사익 등 내로라하는 가인들이 이 노래를 변주하였다. 알뜰한 맹세가 실없는 기약이 되고 마침내 얄궂은 노래가 되듯 몰락하는 봄날에 바쳐진 이들의 곡조는 여러 가지 색깔을 지닌 슬픔의 존재감을 이끌어내기에 족하다.

봄날은 배신의 징표

가을에 지는 낙엽은 봄날 떨어지는 꽃잎만큼 강렬할 수 없다. 낙엽이 자연스런 조락(凋落)으로 마음에 잔잔한 파문을 그린다면 낙화는 비애에 젖게 한다. 물론 휘날리는 꽃잎들의 군무에서 환희를 느낄 수 없는 것은 아니다. 봄날의 복잡한 심경은 개화와 낙화의 시공간 속에 있다. 그럼에도 많은 이들이 기우는 봄에서 편치 않은 마음을 갖는 것 같다.

〈봄날은 간다〉를 애창곡으로 삼는 데 그치지 않고 같은 제목의 시를 쓴 시인들 또한 여럿이다. "지상에 더 많은 천벌이 있어야겠다./봄날은 간다."로 끝맺음하고 있는 고은의 시를 위시하여 황동규, 김명인, 이승훈, 기형도, 안도현, 정일근, 이재무, 고재종, 조용미, 서상영, 허수경 등 허다하다. 개중 생동하는 봄을 예찬한 이 없지 않으나 대다수 오지 않는 사람이나 못 다한 사연을 떠올리고, 간절하지 않은 안부와 내용 없는 추억과 시들한 사랑과 희망 없는 삶을 말하고 있다. 기형도가 "봄날이 가면 그뿐"이라고 할 때 정일근은 우리 모두 파장의 구경꾼일 뿐이라고 말한다. 이처럼 이들 시인들에게 봄은 세계가 던지는 배신의 징표이자 이러한 세계에 대한 불화와 반목의 메시지이다.

그러나 희망은 있다

매화 지고 목련 터지는 봄이 왔다. 하지만 우리네 마음속 봄날은 간다. 맹세가 티끌이 되고 먼지가 되는 세상에 우리가 살고 있기 때문이다. 슬픔과 퇴폐와 절망이 뒤엉킨 〈봄날은 간다〉가 여전히 애창곡의 수위를 유지할 것임에 의심이 가지 않는다. 더 많은 시인들이 변함없이 "봄날은 간다"를 노래할 것이다.

그렇다면 희망은 없는 것인가? 그건 그렇지 않다. 우리가 슬픔을 노래할 때 기쁨은 그림자처럼 슬그머니 기어든다. 마찬가지로 퇴폐로 이끌리는 감각에서 신생의 상상력이 싹튼다. 절망은 희망의 끝이기도 하지만 그 시작이기도 하다. 우리가 〈봄날은 간다〉를 변함없이 부르는 까닭이 여기에 있다. 백설희에서 연원한 애상과 배호와 문주란에 가라앉아 있는 슬픔, 한영애에 깃든 퇴폐의 기미와 더불어 장사익에게서 울려나는 거부의 몸짓을 우리는 모두 사랑한다. 이들을 통해 희망의 흔적들과 만나기 때문이다.

이 대목에서 굳이 한의 미학을 떠올릴 필요는 없을 것이다. 〈봄날은 간다〉를 애창하는 일을 억압된 정서의 분출로 보는 것은 옳지 않다. 무엇보다 위험한 것은 다양한 감성을 같은 유형으로 관리하는 방식이다. 아울러 허무의 원칙 또한 방기(放棄)하지 않으면 안 된다. 모든 것을 무로 환원시키는 것은 감성의 치안질서를 세우는 일처럼 독단적이다. 그러므로 우리 모두 서로 다른 음색으로 〈봄날은 간다〉를 목 놓아 부르자. 슬픈 낙화의 아이러니로부터 무서운 희망을 찾자. (2009. 3. 10.)

벚꽃은 어떻게 아름다운가

벚꽃 그늘에서 한나절을 보내며 속울음을 토하는 사람이 있을까. 흩날리는 하얀 꽃잎이 덧없는 삶으로 느껴질까. 꽃이 지더라도 바람을 탓하지 않는 우리의 성정은 자연의 이치를 고스란히 받아들이는 경향을 지닌다. 밝고 고운 벚꽃에 깃든 미의식은 슬픔이나 비애가 아니라 환희와 우아한 멋일 가능성이 크다. 봄의 활력과 한 해의 상승하는 기운을 알기에 낙화를 뒤로 하고 신록으로 눈길을 옮긴다.

아직 이팝나무의 꽃이 필 시기는 아니다. 이밥(쌀밥)을 닮은 이 꽃은 우리에게 풍요를 상징한다. 마찬가지로 일본에서 벚꽃도 본디 쌀밥을 연상하게 했다. 밥이 음식을 대표하듯이 벚꽃은 꽃 중의 꽃이었다. 피고 지는 과정에서 인생의 애환을 구가하고 꽃의 다양성을 통해 섬세한 문화적 의미를 부가하였다. 그 의미의 확장은 사무라이, 여성, 게이샤 등과 같은 사람을 비유하기도 하고 자기 표현의 여러 방식이나 광기와 죽음과 환생을 뜻하기도 했다. 이처럼 벚꽃이 개인과 집단 속에 깊숙하게 자리 잡는다. 하지만 오오누키 에미코가 지적하듯이 메이지 이후 벚꽃은 문화적 내셔널리즘의 중요한 상징으로 등극하게 된다. 무사도와 선불교와 신도가 표상으로 삼은 꽃도 사쿠라이다. 모두 '벚꽃처럼 질 수 있는, 죽음에 대한 동등한 권리'를 부여한다.

거룩한 전쟁이라는 뜻을 가진 성전(聖戰)이 일본에 등장한 것은 전국시대이다. 사무라이 정신의 기저에는 불교의 공(空)사상이 깔려 있다. 검선일여(劍禪一如)를 내세운 선승들이 군국주의 전장으로 청년들을 내몬다. 대동아 성전의 아이콘이 된 것은 어김없이 벚꽃이다. 1944년 10월 31일 〈아사히신문〉은 필리핀 레이테만 해전을 두고 "카미카제 대원, 투혼을 보이고 신의 독수리는 자폭하여 벚꽃으로 진다"라고 보도한다. 이 해 11월 30일 조선인 출신의 마쓰이 오장이 전사하자 〈매일신보〉는 사설을 통해 "마쓰이 오장을 따르자"라고 쓴다. 미당 서정주의 시 「마쓰이 오장 송가」가 이 신문에 게재된 것은 12월 9일이다. 이 시의 한 구절은 "그대, 몸을 실어 날았다간 내리는 곳/소리 있어 벌이는 고흔 꽃처럼/오히려 기쁜 몸짓 하며 내리는 곳/쪼각쪼각 부서지는 산더미 같은 미국 군함!"이라고 진술하고 있다. '고흔 꽃'의 이미지가 벚꽃임을 알기 어렵지 않다.

벚꽃처럼 떨어져 죽은 것으로 알려진 마쓰이 히데오(조선명 인재웅)는 포로가 되었다 1946년 1월 10일 미군의 군함을 타고 인천항으로 들어와 가족과 재회한다.(이향철 교수의 「카미카제 특공대와 한국인 대원」 참조) 지금껏 알려진 조선인 특공대원 18명 가운데 유일하다. 새털같이 가볍게 던진 목숨을 구사일생으로 구한 경우다. 오오누키 에미코는 카미카제 특공대원들이 남긴 글을 분석하고 이들과 연관된 군국주의 미의식을 두 권의 책을 통해(『사쿠라가 지다 젊음도 지다』, 『죽으라면 죽으리라』로 번역되어 있음) 해부하였다. 풍요와 놀이의 대상이던 벚꽃이 어떻게 전쟁과 죽음을 미화하는 이데올로기의 도구가 되었는지를 검증하였다. 그와 달리 브라이언 다이젠 빅토리아는 일본의 선불교가 살육의 무기가 되는 과정을 고찰한 바 있다.(『전쟁과 선』, 『불교 파시즘』을 보라) 칼을 휘두르는 것이 깨달음이 되고, 사람을 죽이는 것이 보살행이 되는 논리가 만들어졌다. 이러한 과정에서 사쿠라 꽃잎이 오인된 상징으로 흩날린다.

행동하는 것이 생각하는 것보다 훨씬 쉬울 때가 있다. 상징이 자연화된 경우이다. 전체주의와 파시즘은 상징을 통하여 정치를 미화한다. 이래서 순수한 충성과 헌신이 가공된 상징에 이끌린 맹목의 행위가 된다. 우리에게 벚꽃이 지는 것은 새잎이 나는 과정과 겹쳐진다. 지는 꽃잎을 눈꽃 또는 꽃비에 비유하는 긍정의 에너지는 죽음을 찬양하는 무의 미학이 아니며 생명을 예찬하는 신명의 미학이라 할 수 있다. 진정 벚꽃이 아름다운 까닭은 그것이 생명의 우아한 멋을 지닌 탓이다. (2017. 4. 11.)

연등(燃燈) 아래서

사월 초파일 우연찮게 연등 아래 서게 되었다. 몇 해 전부터 고향 가는 길이면 어김없이 표충사에 들렀지만 올핸 여의치 않아 저녁시간 가까운 장안사에 갔었다. 어려서 청년기까지 기독(基督)을 따른 탓인지 여전히 예불은커녕 합장조차 힘들지만, 바쁘다는 핑계를 대기엔 뭔가 아쉬움이 들어 집을 나섰던 것이다. 화사한 등불 아래 나직나직 석가모니불을 외며 탑돌이 하는 사람들이 화평해 보였다. 다들 무엇을 염원하고 있는 것일까?

환하고 우아한 등불 아래서 나는 한동안 이런저런 상념을 떨치지 못했다. 자신에 대한 반성이 대부분이었지만 그래도 알 수 없는 충만과 행복의 느낌이 들었다. 이러한 나의 느낌이 자기를 비우는 행위를 뜻하는 연등의 본질에 미칠 바는 못 될 것이다. 그럼에도 이날의 경험은 예전 그 어느 초파일과도 확연히 달랐다. 어쩌면 나를 감싸고 있던 등불이 주는 온화함 탓이었을 것이라는 생각이 든다.

고난과 고행의 연대

기독을 따르다 그만두고 간혹 절을 드나드는 나를 보고 이상하게 여길 사람들이 많을 것이다. 그렇다고 내가 특별히 종교다원주의자인 것도 아니다. 사실 나는 어설픈 다원주의자들을 경계한다. 세상엔 이도 저도 다 옳은 것이 아니냐며 실제 감춰놓은 자신의 이득을 놓치지 않고 고스란히 보존하거나 확대하는 음험한 이들이 많다. 있을 수 있는 갈등과 모순을 적절히 봉합하면서 기득권을 유지하는 데 다원주의만큼 자주 이용되는 이데올로기도 없지 않은가?

이번 초파일 연등 아래서 내가 얻은 경험은 오랫동안 나를 지배해온 기독의 관념에서 조금이나마 놓여났다는 충격에 가깝다. 유년기에 불상을 우상이라고 배웠으니 다른 종교를 이해하는 능력이 어찌 형성될 여지가 있었겠는가? 그런 자신이 늦게나마 연등 아래서 행복한 공감의 시간을 가졌다. 종교가 제약하는 형식에서 어느 정도 자유를 누린 셈이다.

그 기원을 따진다면 연등은, 석가모니 시절 난타라는 빈궁한 여인의 정성 어린 등불에서 유래한 것이니 마음이 가난한 사람의 꺼지지 않는 등불에 다를 바 없다. 그렇다면 마음이 가난한 자를 축복하고 가난과 고통의 연대를 강조한 기독의 가르침과 그 궁극에서 다를 바 없지 않는가? 말할 것도 없이 기독과 불타의 가르침에 다른 점도 많을 것이다. 그럼에도 이들이 다 가난한 마음의 영성을 강조한 것은 사실이다. 연등 아래서 나는 이러한 마음을 가질 수 있었던가?

인간의 권력 남용과 화평의 길

인간 최고의 권력은 부정(否定)이다. 유한한 육체를 지닌 인간이기에 그 어느 누구든 타인을 부정할 수 있다. 어떠한 주장이나 이론도 반대자에게 위협적이지 않은 것은 없다. 그렇다고 아무런 주장을 해서는 안 되며 어떠한 이론을 내세워서도 안 되는 것은 아니다. 문제는 먼저 타자의 정의(正義)를 생각하는 것이다.

그동안 우리는 전쟁으로 파괴되고 독재와 민주화 과정에서 찢어지는 경험을 많이 했다. 그런 가운데 타자의 정의나 타자의 고통을 생각하지 않는 경향이 커졌다. 제도와 권력에 힘입어 상징을 조작하거나, 지키고 가꾸어야 할 상징을 파괴하는 일이 다반사가 되었다. 어찌 보면 우리 모두가 권력 남용의 시대를 살고 있는 것은 아닐까? 만일 우리가 모든 사람들이 타자를 부정하는 힘을 함부로 사용하는 사회에 살고 있다면, 사회적 화평은 결코 기대할 수 없을 것이다. 그러므로 타인을 부정하기 이전에 자기를 부정하는 능력이 먼저 요긴하다. 연등 아래서 나는 스스로 자신을 부정할 수 있는가 반성해 본다. 자기를 지우면서 행복한 화해(和諧)를 경험할 길을 궁리해 본다. 쉽진 않겠지만 그것이 기독과 불타의 가르침이라면 변함없는 거울로 삼아도 좋을 것이라 믿는다. (2009. 5. 12.)

누가 고향을 노래하는가

내 고향은 재약산 자락에 있다. 양산을 지나 신불산을 넘어 밀양댐을 돌아 표충사를 향하는 길목이다. 밀양댐이 생기고 도로가 나면서 언양을 경유하여 가지산을 넘는 길이나 김해와 진영을 거치는 국도나 고속도로를 거의 이용하지 않는다. 소요 시간이 적은 탓도 있지만 신불산을 넘는 길은 철따라 변하는 풍광이 여간 아름다운 것이 아니다.

고향에 가지 못하는 이들

나처럼 고향 가기가 수월한 사람들은 힘든 귀성에 시달리는 사람들에 비해 축복받은 존재들이다. 서울에서 저녁 내내 달려와 선산을 돌아보고, 뒤늦게 당도한 나를 맞는 동생을 보면서 미안한 마음이 들지 않을 수 없다. 바쁘다는 이유로, 둘째라는 핑계로 형과 동생들에게 집안일을 미룬 지 오래다. 어찌 보면 나만큼 편한 이도 없지만 형제들과 고향에 진 빚이 늘어만 간다.

고향에서 돌아온 뒤 내내 뇌리를 떠나지 않는 것은 삼촌 이야기이다. 목사이던 작은아버지가 미국으로 이주한 것은 십수 년 전인데 오랜만에 귀국하여 고향을 찾아왔다. 고령에 직장도 없이 연금에 의존하는 미국 생활이 힘든 모양이다. 고향에 돌아와 일시적이나마 안식을 구하고자 했으나 "그 어디에도 나의 옛 고향은 없다"고 탄식하며 떠나갔다. 막상 귀향하였지만 병들어 아픈 누이 대신 그를 반긴 것은 동구 밖 포구나무나 앞산 너럭바위였을 것이라 짐작된다. 그래도 세월을 견뎌내고 있는 산천이 있기에 조금은 위안이 되었으리라.

삼촌 생각에 이민을 떠나기 전에 그가 남긴 시집을 찾았다. 어머니와 고향에 대한 절절한 그리움으로 가득하다. 그렇다면 그는 왜 모진 심정으로 미국으로 향했을까? 집안의 내력일까? 백부가 일본 나고야에서 생을 마쳤으니 영락없이 우리 집안의 절반은 디아스포라다. 그 또한 해방 이후 몇 차례 장래가 보장된 귀국 권유를 뿌리친 바 있다. 그들에게 고향은 행복과 고난의 양가적 대상이 아니었을까? 그리고 이러한 양가적 감정은 그들 세대의 한국인이 지닌 심성과 크게 다르지 않을 것이라 생각한다.

어쩔 수 없이 고향을 떠났거나 가고파도 고향에 갈 수 없는 이들이 많다. 재일 2세인 나의 사촌에게 부모의 고향이 어떤 의미를 가지겠는가? 그것은 동경의 대상이 아니라 존재를 구속하는 장애물에 지나지 않을지도 모른다. 미국에 사는 사촌들 또한 그럴 것이다. 수시로 '너는 누구인가'라는 질문을 받으면서 '나는 왜 미국인이자 한국인일 수 없을까? 도대체 나의 정체성은 무엇인가'라는 의문에 휩싸이게 될 때도 있을 터이다.

누가 고향을 노래하는가? 말할 것도 없이 고향을 편하게 왕래할 수 있는 다수의 사람들일 것이다. 하지만 적지 않은 이들에게 고향 노래는 비가(悲歌)에 다를 바 없다. 특히 디아스포라에게 고향은 고통에 다를 바 없다. 고향을 노래하기 이전에 먼저 고향의 고통을 상기하자고 한다면 지나친 제안이 될까? 한가위 축제 속에서 사회적 약자들, 이주노동자들, 새터민들의 이야기가 묻혀버리는 것은 사실이다. 또한 대다수 한국인의 고향인 농촌의 실상은 어떠한가? 누가 망해가는 고향을 노래하고 있는가?

디아스포라의 고통

우리가 디아스포라를 거론할 때 한민족이라는 울타리를

넓히려는 과도한 욕심과 무관해야 한다. 오히려 그들의 시선을 통해 새로운 세계의 가능성을 찾으려 해야 한다. 재일 2세 지식인인 윤건차는 최근 발간된 시집 『겨울 숲』을 통해 그 자신을 '진자(振子)'에 비유한 바 있다. "너는 누구냐"라는 질문이 폭력으로 다가오는 현실에서 그가 지닌 복합적 정체성이 세상을 더 깊고 넓게 바라보는 밑거름이 되고 있다. 이처럼 고통으로 개안한 디아스포라의 시선에서 우리는 희망을 찾아야 한다.

우리가 고향을 노래할 때 우리의 노래가 어떤 이들에게 비수가 될 수 있다는 생각을 해야 한다. 고향의 아름다움을 뽐내는 일에 익숙한 나로서 민망하지만, 고향과 세계를 동시에 사유하는 노력이 더 절실하게 되었다. 나의 사촌들처럼 나 또한 디아스포라일 수 있다는 상상을 해본다. (2009. 10. 6.)

문제는 자동차가 아니다

"제1의 아이가 질주하고 있소. 제2의 아이가 멈춰 섰소. 제3의 아이가 떨고 있소." 식민지 시대 천재 시인 이상의 시 「오감도」가 아니다. 우리가 사는 도시 곳곳에서 시도 때도 없이 접하는 광경이다. 아이 어른 할 것 없이 도처에서 자동차의 위험에 노출되어 있는 것이 현실인데 이상이 말하고자 했던 질주와 공포가 이젠 일상화된 것이 아닌가 한다.

이면도로나 아파트 진입로, 심지어 스쿨존에서조차 담벼락에 바짝 몸을 붙여 서 있거나 차가 지나갈 때까지 엉거주춤 몸을 도사리고 있는 아이들을 볼 때가 많다. 속도를 줄이지 않고 질주하는 자동차 때문이다. 길게 이어진 산책로를 군데군데 가르고 있는 이차선 도로 보행로에서도 우선권이 자동차에 있는 듯하다. 착한 보행자들은 조심스럽게 자동차가 지나가기만 기다린다.

자동차의 도시, 인간의 도시

후쿠오카에서의 일이다. 이차선 이면도로 앞에서 신호등의 불이 바뀌기를 기다리던 나는 주행신호임에도 우리 일행을 보고 멈춰서는 자동차들을 목격하였다. 신호와 무관하게 보행자의 권리를 먼저 생각하는 운전자의 행위가 신선한 충격으로 와닿았는데, 이러한 경험은 파리에서 신호를 무시하고 길을 건너는 사람들을 아무런 불평 없이 기다리고 있는 자동차의 모습을 맞닥뜨리면서 재연되었다.

최근 들어 많은 육교가 철거되었다. 사람을 보호한다는 명목으로 세워졌지만 실상 자동차를 위한 용도가 육교다. 도로 이편과 저편의 소통을 원활하게 하는 것은 힘겹게 넘어 건너는 육교가 아니라 보행로이다. 우리 도시에서도 여러 곳에서 사람들이 사거리를 한꺼번에 왕래하는 통합신호체계를 운영하고 있다. 이미 도쿄 도심에서 활용하고 있는 방식인데 그야말로 유쾌한 소통이 아닐 수 없다.

보행자 도로를 늘리고 자전거 길을 조성하는 등 자동차의 도시를 사람의 도시로 바꾸려는 노력들이 지역사회 곳곳에서 전개되고 있다. 그럼에도 자동차 우위의 현실이 쉽게 달라질 것 같지 않다. 아직 스쿨존의 규정을 모르는 운전자들이 태반일뿐더러 아파트 내 주행규정조차 모르는 주민들도 적지 않다. 많은 이들의 머릿속에 도로는 자동차, 인도는 사람이라는 오랜 관념이 남아 있는 듯하다.

속도 중독에 대한 염려

'교통전쟁'이라는 말이 있지만 굳이 통계수치를 들지 않더라도 한 해에 교통사고로 다치거나 죽는 사람의 수가 어지간한 전쟁을 방불케 하는 것이 사실이다. 그럼에도 교통사고는 줄지 않고 있는데 무엇이 문제일까? 기술이 발달한 만큼 자동차의 문제는 아닐 터. 그렇다면 결국 사람이 문제가 아닐까?

교통과 전쟁의 유비(類比)는 속도라는 개념을 생각하게 한다. 현대전이 속도전이듯이 빠르게 다른 곳으로 이동하려는 사람들의 욕망과 강박이 작용하는 매체가 자동차다. 가끔 우스개로 "운전을 할 때 자아가 바뀐다"는 농담을 들을 때가 있다. 도시의 번잡에서 빚어지는 불화 탓이라 하지만 부지불식간에 형성된 속도 중독과도 연관이 있지 않을까 생각해 본다. 이면도로나 아파트 단지 내에서 그리고 스쿨존에서 질주하는 차량들을 운행하는 사람들의 심정은 어떨까?

이상의 「오감도」가 말한 아이들의 질주와 공포는 오늘날 우리의 일상을 휘모는 현상과 정서를 대변하고 있다는 점에서 선견지명에 가까운 의미다. 출구 없이 전쟁으로 치닫는 식민지 근대에서 그가 느낀 우울은 현기증 나는 속도에서 공포를 느끼는 현대인의 감정양식으로 전화되고 있다. 그렇다고 그저 보행을 예찬하고 느림을 찬미하는 일로 문제를 해결할 수 있다고 생각하지 않는다. 매체와 제도가 아니라 사람들의 인식의 전환이 요구된다.

문제는 자동차가 아니다. 자동차라는 매체를 운용하는 사람이 문제다. 자동차가 지배하는 도시에서 장소와 사람이 소통하는 길을 만드는 주체는 결국 시민이다. 이면도로에서 자동차가 먼저 지나가기를 기다리는 착한 시민과 산책자를 무시하고 질주하는 운전자는 서로 다른 사람일까? 아니면 같은 사람의 양면일까? 자동차를 탓할 것이 아니라 자동차를 몰고 다니는 우리 모두를 탓할 때가 되었다. 스스로 속도 중독을 염려하면서 우리가 사는 도시를 인간화할 시점을 맞고 있다. (2009. 9. 8.)

해고된 경비원 박 씨를 생각한다

내가 사는 해운대 K아파트 단지에서 최근 일어난 일이다. 매우 성실하고 주민들에게 성심을 다하던 경비원 박 씨가 어느 날 느닷없이 해고 통지를 받았다. 이 소식을 전해 듣고 격분한 주민들은 입주세대 대다수의 서명을 받아 그를 구제해 줄 것을 요청하기 위해 관리소장과 대표자회의 회장을 만났다. 그러나 그들로부터 돌아온 것은 박 씨의 해고는 돌이킬 수 없다는 말뿐이었다. 경비원에 대한 인사권이 그들에게 있다는 것이다.

말할 것도 없이 경비원에 대한 인사권이 경비용역업체의 위임을 받은 소장에게 있는 것은 사실이다. 하지만 주민들의 의사에 반하는 소장의 임면권은 누구에게 있을까? 그것이 주민들에게 없다면 그가 아파트 단지의 주민 위에 군림하는 주인이 되는 것은 아닐까? 주민대표자회의 규약이나 아파트 관리내규를 들여다보지 않아서 잘 모르겠으나 소장의 오만

함이 어디에 기인하는지 따져보아야 할 일임에 틀림이 없다. 그런데 더욱 어처구니없는 일은 대표자회의 회장이 주민들의 목소리에 귀를 기울이지 않고 소장과 같은 입장에 서 있었다는 사실이다. 그는 왜 박 씨가 관할하던 동에 거주하는 주민들이 그토록 반대하는 일을 막무가내로 찬성한 것일까? 적어도 주민의 대표라면 소장에게 주민의 소리를 전하고 박 씨를 유임하는 의견을 내놓았어야 했다. 그럼에도 그는 소장의 권리 행사를 측면에서 지원하였다. 참으로 기이한 유착이 아닐 수 없다.

경비원 박 씨는 참 신실하고 인정이 많은 분이다. 나이가 적은 편도 아닌데 아파트 주민들의 편의를 위해 몸을 아끼지 않았다. 경비실에 맡겨진 택배들을 몸소 집으로 가져다주는 일은 예사고 노인과 어린이들을 헌신적으로 돌봤다. 자연 그에 대한 칭송이 자자하였고 단순한 경비원이 아니라 가족과 같은 친밀감을 느끼는 이들도 적지 않았다. 이러한 그가 어찌 보면 강요된 시말서를 거듭 쓰게 되면서 마침내 사실과 다른 연유를 근거로 잘리게 된다. 그는 소장의 신임보다 주민들의 신뢰를 더 많이 받은 탓에 부당하게 해고되었다.

8월 말로 일자리를 잃은 박 씨 아저씨를 생각하면 마음이 아프다. 그가 근무하던 경비실이 돌아봐지고 그의 빈자리가 갈수록 커져 보이기만 한다. 과연 박 씨는 소장의 신임을 얻지 못해 해고당한 것일까? 소장을 면담한 여성들은 박 씨 아저씨의 해고 이유에 과잉 친절이 포함되어 있다는 소장의 주장을 들었다고 한다. 그는 주민들과의 친밀함이 관리실의 획일적인 시스템을 교란시킬 수 있다는 견해도 펼쳤다. 쉽게 말해서 경비원은 정해진 매뉴얼을 따라 하면 되지 그 이상의 일을 할 필요가 없으며 그것이 해고의 요건이 될 수 있다는 입장이다. 그러나 소장의 이러한 주장에는 뭔가 은폐된 불안이 잠재해 있는 듯하다. 실제 경비원과 주민의 소통은 피할 수 없는 일이다. 입주민들을 모르면서 어떻게 그들을 보호할 수 있겠는가?

한편 박 씨를 해고한 것은 입주민인 우리 자신이라는 생각도 든다. 무엇보다 입주민들의 의사를 반영할 커뮤니티를 형성하지 못한 것이 화근이다. 다음으로 지나치게 그에게 의존한 일이다. 소통이 단절되기 쉬운 아파트라는 공간에서 박 씨는 메신저와 같은 존재였다. 역설적이게도 그가 입주민들을 환대하였다. 그의 웃음과 친절에 많은 이들 또한 감염되어 공감을 얻을 수 있었다. 박 씨를 떠나보낸 뒤 많은 이들이 미안함을 넘어 죄책감을 느끼고 있는 것으로 안다. 그와 같이 억울한 이가 다시 나오지 않게 하는 길은 어디에 있을까. 아파트 단지 관리의 모순된 시스템을 극복할 제도적 보완도 필요하지만 이보다 주민자치의 커뮤니티를 형성하는 일이 더욱 중요해 보인다. (2011. 9. 1.)

•3부•

문화는 진보한다

문화는 개인들이 삶에 의미를 부여하고
소통하는 실천의 행위이다.

문화는 진보한다

나쁜 물음이 있다. 문화가 무엇인가라는 질문과 같이 자명한 답을 요구하는 경우가 그렇다. 동서를 막론하고 문화는 사람들의 삶의 진보와 연결되어 있다. 가령 조선시대를 생각해 보자. 이제 와서 양반문화를 그 시대의 유일한 문화라고 우기는 이가 있을까? 민중문화의 흐름을 부정할 수 있을까? 힘의 관계에서 이들이 지배와 피지배의 문화를 형성하였지만 문화가 단수가 아니라 복수라는 사실은 엄연하다. 근대사회는 사회적, 경제적 집단들이 지닌 특수하고 다양한 문화들을 말하지 않을 수 없게 되었다.

문화란 무엇인가? 이와 같은 나쁜 물음에 대하여 단순한 답을 찾기보다 문화는 어떻게 정의되어 왔으며 어떠한 문화들이 있는가라고 되물을 필요가 있다. 아우구스티누스는 "나는 신을 사랑하는가?"라는 물음을 "내가 나의 신을 사랑할 때, 나는 무엇을 사랑하는가?"라는 물음으로 바꾸어 놓았다.

그가 볼 때 전자는 뻔한 답을 전제할 뿐인 나쁜 물음이다. 반면 후자는 근본과 구체를 함께 생각하게 만드는 좋은 물음이 된다. 오늘날 문화연구라는 학문영역을 개척한 레이먼드 윌리엄스는 농사꾼이었던 할아버지와 철도 노동자인 아버지의 문화가 어떤 것인가를 생각한다. 또한 케임브리지에 가기까지 경험한 시골 풍경이며 버스 여행, 그가 살던 시골에서 일어난 여러 가지 삶의 변화 양상들을 떠올린다. 이를 통해 윌리엄스가 얻은 결론은 "문화는 평범하다는 가장 중요한 사실"이다. 모든 삶이 문화이다. 그러나 그렇게 생각하지 않는 사람에겐 모든 것이 문화로 보이지 않는다.

윌리엄스에 앞서 매슈 아놀드는 문화를 외적 환경이 아닌 정신과 영혼이라는 내적 조건 속에서 조화롭고 보편적인 완벽함을 이루어 진정한 사상과 진정한 미와 진정한 빛을 성취하는 것이라고 생각했다. 그에게 대중은 문화로 교화해야 할 무질서와 방종의 무리에 지나지 않는다. 그는 이들에게 교육을 통해 문화를 제공하는 것이 최선의 해결책이라 생각하였다. 실제 아놀드의 이러한 태도의 배경에는 선거권이 도시 노동계급으로 확대되고 산업화로 늘어난 도시 거주자에게 정치권력이 부여되는 데 대한 불안이 깔려 있다. 그는 대학에서 시를 가르쳤지만 장학사로도 활동하였다. 그의 귀

족주의는 노동하는 대중의 부상을 반란으로 인식한다. 그러나 문화는 아놀드가 말하는 지적이고 정신적인 발전에 한정되지 않는다.

모든 삶의 방식이 문화이고 그 삶을 표출하는 형태가 문화이다. 문화는 개인들이 삶에 의미를 부여하고 소통하는 실천의 행위이다. 열린사회일수록 이 같은 문화가 만개하는 것이 당연하다. 거리예술이 꽃피고 다양한 빛깔의 하위문화가 활성화된다. 닫힌사회일수록 문화를 규정하고 한정하거나 가두어두려 한다. 문화정책에 권력이 개입하여 특정 경향들을 배제하고 문화지구 또는 문화거리라는 미명 아래 예술가와 청년들을 감금한다. 그러나 설거지가 문화이듯이 노숙인의 삶이나 폭주족의 행태도 문화가 아닐 수 없다. 새로운 장르, 기성을 부정하는 스타일, 자유로운 몸짓들이 매체를 채우고 거리를 떠돌도록 내버려두어야 한다.

아놀드가 옹호한 문화는 그의 정치적 목적에서 비롯한다. 하지만 문화는 모든 사회, 모든 정신 속에 존재하는 평범한 것이라는 윌리엄스의 문화 개념에 의해 여지없이 혁파된다. 문화는 진보할 수밖에 없다. 종족, 계급, 젠더, 세대에 따라 다양한 삶의 방식들을 서로 이해하고 소통하는 수행이기 때문이다. 문화적 실천은 끊임없이 자기로부터 타자로 나아가는 이타적 행위이다. 그래서 문화 민주주의는 당연한 귀결이다. 우리를 위협하는 자동차의 헤드라이트나 서치라이트가 아니라 사람 사이를 이어주고 밝히는 등불과 같은 역할을 하며 쉼 없이 더불어 나아가는 것이 문화다. (2017. 1. 17.)

멋이라는 삶의 혁신

용암(龍巖)은 대변(大邊)의 옛 지명이다. 일제가 대변으로 개명하였다. 용암에 갈 때마다 멸치가 늘 궁금했다. 멸치의 내력과 멸치잡이에 관한 이야기를 듣고 싶었는데 마땅한 공간이 없다. 조그마한 멸치 박물관이라도 있어서 멸치에 대한 궁금증을 해소해주었으면 하는 바람이 있다. 연화리 맞은편에 있는 죽도가 좋겠다는 상념을 품는다. 한때 세상을 떠들썩하게 했던 이의 별장건물도 남아 있으니 이를 개조하면 어떨까 하는 상상도 꼬리를 문다. 이러던 차에 김수희 교수의 『근대의 멸치, 제국의 멸치』를 만났다. 멸치와 멸치잡이의 역사와 일본 어민이 조선바다로 건너온 경위며 일제의 조선어장 독점의 과정이 잘 설명되어 있다.

이 책을 읽다 내가 한동안 멈춘 대목은 뜻밖에도 일본인 음악연구가 이시카와 요시카즈의 진술이다. 그는 제주 여행길에서 추자도 인근의 멸치잡이 광경을 목격하면서 어민들이 멸치 조업을 하면서 내는 요란한 소리를 "미래파의 음악"이라고 표현한다. 당시 멸치 어로에서 어민들은 통소, 석유통 네댓 개, 큰 북과 작은 북 두세 개를 이용하여 소리를 내었다고 한다. "인간이 낼 수 있는 최대한의 큰 소음"을 접하면서 그는 "보통 음악의 관점에서 보면 미친 짓 같은 음악"이나 "그 내용을 상세히 주의하여 보면 거기에는 여러 가지 점에서 우리들 음악 연구가들에게 중요한 가치가 있다"고 생각한다. 김수희 교수는 이를 받아서 "바다 위에서 큰 소리를 지르고 발을 쿵쿵 차고 무작정 두들기지만 가락이 있고 흥이 있는 챗배 어업은 한국적인 퍼포먼스 '난타' 공연과 통한다"고 설명한다. 그야말로 미래파의 음악이 실현된 셈이다.

흥이나 신명을 제치고 오랫동안 우리의 미의식을 대표해 온 범주가 한(恨)이다. 한은 좌절과 상실, 박탈과 결핍에서 비롯하는 원한의 감정이 내면화한 의식이다. 60년대 중반을 지나면서 민족미학을 구성한 일군의 학자들이 한맥원류(恨脈怨流)를 한국인의 중요한 심성으로 간주하면서 한이라는 미의식을 전면에 내세운다. 물론 이들 가운데 다수가 한에 내재한 공격성을 끌어내어 변혁의 에너지로 삼으려는 정치적 의도를 지녔다. 한은 원망을 삭이는 감정의 양식이어서 감춤과 드러냄이 길항한다. 왜 사느냐면 그냥 웃는다는 체관(諦觀)으로 나아가기도 하지만 대개 인고(忍苦)의 표정으로 남는다. 한을 흥이나 신명과 연결하려는 시도도 적지 않았다. 그럼에도 한을 한국미의 대표 범주로 구성하려던 시도는 한계를 지닌 기획으로 판명된다.

한과 다르고 신명과도 거리를 지닌 멋이 있다. 민중의 한에 비해 멋은 선비의 표정이다. 이런 계급성이 그동안 문제였다. 하지만 곰곰 따져보면 그렇지도 않다. 억눌린 웃음이 아니라 우아한 생명의 활동을 지향하는 멋은 도처에 있다. 한이 외부에 의해 억압되었다면 멋은 외부와 공명하며 상승한다. 자연스러움을 추구하고 스스로 대자연의 소우주가 되려는 멋의 미적 과정이 의미 있지 않는가? 한의 부정성을 극복하고 멋의 긍정성으로 새로운 인간과 세계상을 그릴 수 있다면 좋지 않을까? 어찌 우리가 슬픔과 비애의 민족인가? 멋과 신명의 한국인이 아닌가.

와비사비(わび・さび, 侘・寂)라는 일본의 미의식은 이미 오래전부터 서양인들에 의해 'Wabi-Sabi'로 쓰이고 있다. 부러운 일이다. 이는 작고 소박하고 오래되고 단순함을 추구하는 미의식으로 디자인, 건축, 시, 예술, 철학, 생활 등 모든 영역에서 의의를 나타낸다. 또한 많은 이들이 와비사비를 실천하려 한다. 그들은 사람들이 보는 위대함은 눈에 띄지

않고 스쳐 지나가기 쉬운 자잘한 것들에 있다고 믿는다. 작고 보잘 것 없는 사물이 세계를 이해하는 창과 문이라고 생각한다. 뜬금없지만 용암의 멸치도 이와 같을 터이다. 크고 거대한 장관을 만들려 하지 말고 퇴락하고 후미진 장소에서 멋을 걸러내는 일을 해보자. 멋으로 생활을 바꾸고 마을과 로컬을 변화시킬 수 있지 않겠는가. 멋이 삶의 혁신을 이끈다. (2018. 1. 9.)

몸 담론, 어디로 가고 있는가?

개인적 고백이지만 몸 가꾸기에 실패하면서 생활의 변화를 이끌지 못하는 자신을 탓할 때가 많다. 거의 작심삼일에 그쳐 의지박약에 진저리가 날 정도다. 그럼에도 매일 일정한 시간을 운동에 할애한다는 것이 쉽지만 않다. 또한 모임을 줄이고 먹는 것을 조절하는 일이 뜻대로 되지 못한다.

몸매 관리를 위해 규칙적으로 하루에 한두 시간을 투여하자고 한다면 그에 상응하여 책 읽는 시간을 줄이거나 모임 약속을 자제해야 한다. 날씬한 몸매를 갖는 일과 지성을 갖추는 일이 병행될 수 있다면 더 없이 좋을 것이다. 읽어야 할 책들이 눈앞에 수북이 쌓여 있는 마당에 곧장 헬스장으로 달려가긴 어렵다. 거기다 사람들을 만나는 일과 각종 회합들을 피하려 할 때 이기주의자로 내몰지나 않을까 염려하게 된다.

획일화되고 있는 몸 담론

건강한 몸을 위한 자기에 대한 배려는 찬양돼야 한다. 적절한 운동을 통해 심신을 단련하는 일은 나남할 것 없이 소중한 가치를 담고 있다. 하지만 오늘날 대중문화가 날씬한 몸매, 완벽한 신체라는 이상을 추구하면서 근면과 절제를 통한 책임감, 성실함과 같은 가치가 아니라 건강과 이상적인 몸에 대한 숭배라는 현상이 일반화되고 있다.

어떤 이들은 거의 모든 정열을 자신의 몸을 관찰하고 관리하는 데 소진한다. 이 때문에 우정이나 다른 이들과의 연대는 끊어지기 마련이다. 이처럼 극단적인 경우가 아니라 하더라도, 음식과 사회 생활을 희생하면서 몸을 위해 몸 바치는 이들이 적지 않다. 말할 것도 없이 과식과 과음, 그리고 건강에 해로운 습관이 옹호될 수는 없다. 그럼에도 획일주의로 흐르고 있는 몸 담론을 경계한다.

사석에서든 공석에서든 건강 이데올로기로 다양한 가치들을 뭉개려 드는 이들이 적지 않다. 이들은 사람들의 다채로운 신체를 억압하면서 동시에 가치와 이념의 정점에 건강 이데올로기를 배치함으로써 좌중을 지배하려 든다. 건강 파시스트 혹은 헬스 나치주의자로 불릴 수 있는 이들은 단지 왜곡된 남성중심주의자들만 아니다. 이들은 종종 다른 생활양식, 다른 신체, 사회적 약자, 성적 소수자들을 조롱하고 배제하기도 한다. 이들에게 공동체의 이념, 사회적 가치, 집단의 진정성은 부차적이 된다.

몸 관리가 파생하는 개인주의

그러나 개인적으로 실패를 거듭하고 있는 운동과 다이어트를 통한 몸 관리는 성취되지 않으면 안 된다. 특히 오늘날과 같은 위험사회를 이겨 나가려면 건강이 필수적이다. 실제로 튼튼하고 건강해진 사람이 일상생활의 스트레스에 훨씬 잘 대처하는 것으로 알려져 있다. 이런 점에서도 건강과 일의 조화를 이루는 것은 우리 모두가 희구하는 바라 하겠다.

김광규 시인은 어떤 시에서 "건강을 위해 목숨을 바칠 각오가 되어 있는 현대인"이라고 풍자한다. 그만큼 건강 이데올로기가 환영을 만들고 있다. 건강을 해쳐가면서 얻어지는 우정이나 사회적 유대도 문제이지만 건강을 위하여 우정을 버리고 사회적 연대를 포기한다면 이 또한 불행한 일이다. 지난 날 선비가 곤란을 피하는 방법으로 써먹었던 칭병(稱病)은 이제 더 이상 수사(修辭)의 품격을 지니고 있지 못하다. 그저 이익이 안 되는 일이면 몸 사리는 것이 세태가 된지 오래다.

확실히 오늘날 몸에 대한 현대인의 과잉된 관심에는 개인주의적인 편향이라는 문제가 내재해 있다. 자신의 몸만 보이고 이웃의 삶이 망각된다면 이보다 더 큰 문제가 있겠는가? 건강 이데올로기가 사회적 정의보다 더 소중한 이념이 되어버릴 때 우리 사회의 약자들이 처할 곳은 어디일까? (2009. 2. 10.)

해수욕과 비키니

해운대 해수욕장에 100만 가까운 인파가 하루에 모인다. 실로 경이로운 일이 아닐 수 없다. 이 많은 사람들을 불러 모으는 힘은 어디에서 비롯하는가? 자동차와 기차와 비행기가 없다면 불가능한 일이 아니겠는가? 또한 스펙터클한 풍경을 전달하는 텔레비전이 없다면 어려운 일이 아니겠는가? 자동차와 기차와 비행기와 텔레비전이 그러하듯 해수욕장 또한 근대의 풍경이다. 두려움과 공포의 해변이 여가와 놀이의 공간으로 발견된 것은 그리 오래지 않은 일이다.

인상파의 바다

우리나라에 공설 해수욕장이 생긴 것은 1937년이다. 바로 송도 해수욕장이 그것인데 용두산 자락 일대에 살던 일본인 거류민들에 의해 개발되었다. 일본의 경우 1885년 가나가와 현 오이소 해수욕장이 효시로 알려져 있다. 일본 또한 19세기 전반부터 영국과 프랑스에서 비롯된 해변 발명의 역사를 가져온 것이니, 기차나 기선처럼 해수욕장도 서구 따라잡기 근대를 표상한다. 따라서 지금 수백만 사람들이 몰리는 우리나라의 해수욕장은 질주하는 현대 한국사회의 모습을 그대로 담고 있다.

마네와 모네의 그림 가운데 프랑스 북부 노르망디 해변을 그린 것이 많다. 19세기 중반 교통수단, 특히 철도가 발달하면서 파리의 부르주아들이 여가를 바닷가에서 보내면서 이들 화가들 또한 해양 풍경을 화폭에 담기 시작하였다. 범선이 떠 있는 바다와 양산을 쓰고 해변을 거니는 여인들과 일광욕을 즐기는 사람들은 인상파의 그림에 빈번하게 등장하는 풍경들이다. 인상파들에게도 바다는 프랑스 사회의 경제적, 사회적 발달과 생활양식의 변화와 맞물려 추구된다.

그런데 인상파의 그림에서 비키니는 보이지 않는다. 처음 치료와 위생으로 시작된 해수욕이 레저와 스포츠로 발전하면서 복장에 대한 개념이 발생하게 되는데 인상파들의 그림 속에 등장하는 사람들은 평상복이나 긴 소매가 달린 원피스 차림이 주를 이루며 이러한 경향은 20세기 초까지 지속된다. 비키니 스타일이 본격 등장하는 것은 1930년대로 알려져 있다. 하지만 19세기 말부터 유럽에서 신체의 윤곽과 선이 강조되면서 영연방 호주 해변에서는 노출이 심해지며, 특히 1880년대에 미국에서 시작된 미녀선발대회는 이러한 경향을 가속화한다.

해수욕의 유행과 함께 발달한 해수욕복은 미국에서 미인 선발대회를 거치면서 육체의 자본을 장식하는 비키니 스타일로 발전한다. 할리우드의 개입으로 인상파의 소박한 바다 풍경은 20세기 초에 이르러 영화 속 화려한 스타들의 몸매와 함께 하며 유명 해변은 전세계인이 동경하는 장소로 바뀌게 된다. 이로부터 해수욕장은 선진국 나라들의 중요한 관광자원이 되어 관리되고 있다.

질주하는 우리 사회

오늘날 우리 사회의 해수욕장도 많은 사람들이 찾는 레저와 스포츠의 공간이 되었다. 최근 해운대해수욕장에서는 인터넷을 통한 '비키니 콘테스트'를 전개하고 있다는 소식도 들린다. 몰래 카메라로 찍혀 인터넷에 유포되는 사진들의 폐해를 공적으로 차단할 목적도 가지고 있다고 한다.

일본학자 사카이 나오키는 따라잡기형 근대의 문제를 지적한 바 있다. 시간의 경쟁을 하다 보면 너무 앞서가게 된다는 것인데 그 한 사례로 일본에서 슈퍼마켓에서 비닐봉지를 활용할 즈음에 프랑스 시민들이 여전히 장바구니를 들고 다니던 일을 들었다. 지금의 우리 사회도 지나치게 앞서가는 면이 적지 않을 것이라 생각된다. 마치 속도에 취한 운전자가 속도감을 잃는 일과 흡사할 터인데 선진국을 따라가야 한다는 생각에 사로잡혀 과속을 하고 있는 일이 없지 않을 것이다.

화려한 비키니 차림의 행렬과 해수욕장의 열광하는 풍경의 이면을 생각해보라. 허술한 해수욕장 관리, 무질서와 혼잡, 부도덕한 상행위 등을 어떻게 볼 것인가? 비키니 콘테스트는 이미 선진국 수준을 넘어서고 있지만 배후의 생활세계는 후진성과 식민성을 벗어나지 못하고 있는 것이 아닐까?
(2009. 8. 11.)

금서의 문화정치

인류의 역사에서 책만한 발명품이 있을까? 아마 책만큼 오래고 광범한 것은 없을 것이다. 역사 시대의 시발을 기록에서 찾는다면 책의 역사는 곧 인류의 역사이다. 처음 동굴벽화나 암각화와 같은 도상으로 자신의 이야기를 남기던 인류가 문자를 발명하면서 이를 파피루스와 양피지, 그리고 죽간에 새기게 된다. 종이는 문자나 그림을 기록하는 일을 더욱 수월하게 한다. 그리고 책의 탄생으로 고비용 기록시대를 벗어난 인류는 생각을 전달하는 수단의 혁명적인 변화를 이루어낸다. 이를 통해 인류는 많은 분야에서 진정한 혁명을 성취한다.

뤼시앵 페브르에 의하면 인쇄된 책이 발명된 것은 15세기이다. 21세기에 이른 지금 디지털 기술의 위협이 없지 않지만 책의 문화사는 지속되고 있다. 『책의 탄생』 서문을 통해 페브르는 책과 관련한 몇 가지 질문을 던진다. "지금까지 책은 어떤 욕구를 채워주었고 어떤 역할을 해왔을까? 또 책은 누구에게 도움을 주었고 누구에게 눈엣가시였을까?" 이러한 물음에 분명한 답을 주는 것으로 독재자들이 사상과 이념을 통제하기 위하여 지정한 금서를 들 수 있다. 금서가 된 책들은 체제에 저항하거나 그것을 전복하는 혁명을 꿈꾸는 이들에게 더할 수 없는 지식을 제공한다. 혁명가는 행동하고 실천하는 사람이기 이전에 읽고 쓰는 이라고 할 수 있다. 이들은 기존의 이념과 사상을 전하는 책들을 읽으면서 새로운 사상과 이념을 글로 써 전파한다. 독재자들이 체제에 반하는 이념과 사상을 담은 책을 파괴하려는 것은 그러한 사상과 이념이 번져나는 것을 금하는 것과 더불어 새로운 사상과 이념이 싹트는 것을 막으려는 데 목적이 있다. 그렇다면 독재자에게 도움을 주는 책은 없을까? 많은 책들이 체제의 정당성을 옹호하거나 합리화하는 데 기여하고 있음은 말할 필요가 없다. 경우에 따라서 오독과 조작에 의하여 체제를 공고히 하거나 국민을 사지로 몰아가는 경우도 없지 않다. 동아시아 고대사는 각 나라들을 지탱하는 국가주의의 신화체계가 되었다. 역사적으로 천팔백 년 전에 타키투스가 쓴 『게르마니아』는 오독과 조작을 거듭하면서 "가장 위험한 책"이 되고 말았다. 이것은 히틀러에 의해 독일 혈통의 순수성과 우수성을 증언하고 나치 이데올로기를 지지하는 수단이 되었다. 순종 게르만의 부활을 꿈꾸는 파시스트들에 의해 홀로코스트의 유대인 학살이 자행된다.

새삼 금서가 우리 사회에서 다시 회자된 계기는 천만 관객을 돌파한 영화 〈변호인〉이 아닌가 한다. 이 영화는 이념과 사상을 통제하고 반대자를 탄압하기 위하여 책을 활용한 기억을 되새기게 한다. 폭압적인 정권은 독서회(reading society)를 잠재적인 반체제 결사로 간주하고 이들이 금서를 읽었다는 죄명을 씌워 고문하고 감금한다. 여기에서 금서로 등장한 책이 E. H. 카의 『역사란 무엇인가』, 조세희의 『난장이가 쏘아올린 작은 공』, 리영희의 『전환시대의 논리』 등이다. 모두 70년대 후반부터 읽혔던 책이어서 금서라고 하기에 적합하지 않다. 그럼에도 5공 정권은 이들을 포함하여 213권의 책을 금서로 지정하고 사상과 이념을 통제하였다. 그러나 역사가 증명하듯이 금서 정책은 성공하지 못한다. 과거든 현재든 이념이 법보다 더 강하기 때문이다. 베르너 풀트는 『금서의 역사』에서 "금서의 역사는 단순히 억압의 사슬, 파괴된 작품과 살해된 작가에 대한 이야기일 뿐 아니라 권력에 대항해 언어가 거둔 승리의 연대기이기도 하다"고 말한 바 있다. 가령 80년대의 5공 정권이 『정치경제학』, 『자본주의란 어떻게 움직이는가』, 『제국주의론』, 『해방론』, 『민중조직론』, 『국가와 계급구조』, 『해방전선과 민족통일전선』, 『강철은 어떻게 단련되었는가』, 『한국 근대민족해방운동사』, 『겨레와 어린이』, 『문제는 리얼리즘이다』, 『사이공의 흰옷』, 『피의 꽃잎』 등을 금서로 묶었지만 오히려 이들은 억압된 시대를 넘어서는 기제로 작동할 뿐이었다. 책을 읽고 쓰는 모든 이들을 없앨 수 없으니 책을 파괴하는 일은 궁극적으로 실패하게 된다. 독재정권에 대한 저항은 금서를 소장하고 읽는 일과 등가행위로 받아들여지기도 한다.

〈변호인〉에 등장한 책들은 지금 금서가 아니라 양서로 분류되고 있다. 그럼에도 영화 이후 이 책들이 서점가에서 많이 팔렸다. 이념이나 사상을 제약하는 정도에 대한 관객의 호기심이 작동한 것이라 할 수 있다. 백승종은 금서를 '문화투쟁'으로 간주한다. 얼마 전 우리나라에서 최초로 마르크스의 『자본』을 번역하고 출판한 도서출판 이론과실천 김태경 대표가 유명을 달리했다. 그는 1970년대 대학 시절부터 레닌, 게오르그 루카치, 프란츠 파농, 카우츠키 등의 원서를 복사하여 돌렸다고 한다. 1979년 한국 최초의 사회과학서점인 '민중문화사'를 열기도 했다. '민중문화사'는 서점이지만 작은 도서관이라고 해도 과언이 아닐 것이다. 젊은 대학생과 소장 학자들이 책을 읽고 토론을 하는 장이었기 때문이다. 이러한 점에서 그는 책과 혁명의 상관관계를 가장 잘 이해한 지식인이 아닌가 한다. 마침내 '이론과실천'이라는 출판사를 내고 1987년 『자본』을 출간하여 감옥에 가기도 했다. 『사이공의 흰옷』을 발간한 '친구' 출판사의 이상경도 '부림사건'으로 구속된 19인 가운데 한 사람이다. 독서회를 통하여 여러 책들을 읽고 진보적인 사상에 눈을 뜬 그가 출감 후에 찾아간 이가 김태경이라고 한다. 이상경 또한 김태경처럼 출판운동을 통해 문화투쟁을 전개한다.

80년대 초반 대학원에 다닐 때 나는 루카치의 영역판 『소설의 이론』을 들고 다니다 그것이 금서이니 위험하다는 소릴 들은 적이 있다. 지금 생각하면 참 어처구니없는 일이다. 마르크스나 루카치의 책들이 대부분 번역되어 있으니 언제든지 손에 잡을 수 있게 되었다. 그럼에도 우리 사회에서 금서의 법이 엄격하게 적용되고 있는 지점들이 있다. 작년에 2010년 스페인만화대상 수상작인 안토니오 알타리바의 『어느 아나키스트의 고백』을 간행물윤리위원회가 청소년유해매체로 지정하여 빈축을 산 바 있다. 이 책은 아버지의 이야기를 통해 스페인 내전에 고통받은 세대의 아픔을 만화로 잘 형상화한 문학-만화의 수작으로 꼽히고 있다. 그럼에도 일부 장면을 예로 들어 청소년 금서로 지정한 것이다. 작가는 번역자에게 편지를 보내 "한국을 제외한 다른 나라에서는 아무 문제없이 출간됐다"며 "이 작품을 통해 전쟁, 난민 수용소, 독재 체제의 참상을 이야기하려 했지만, '윤리'라는 잣대를 든 한국의 간행물윤리위원회에서는 '음란성'밖에 보지 못한 것 같다. 슬프다"고 유감을 표시했다(〈민중의 소리〉, 2013년 8월 14일)고 한다. 재심에 의해 시정이 되었지만 이처럼 금서 지정이라는 제도가 부실하기만 하다. 이는 군 불온도서 논란에서도 제기된 바 있다. 2011년 국방부는 2008년 리스트에 새로 반자본주의 도서 19권을 추가한다. 여기에 장하준의 『나쁜 사마리아인들』과 위기철의 『청년 노동자』, 최성각의 생태 에세이 『달려라 냇물아』, 이해영의 『낯선 식민지 한미FTA』 등이 포함되어 해당 출판사 가운데 일부는 소송을 제기한다. 또한 사회과학 도서들이 불온서적으로 지정되자, 군법무관들이 헌법소원 제기한 것을 이유로 파면, 해임되기도 하였다. 군대와 같은 특수조직에서 사상과 이념 검열이 과도하게 진행되어 병사 개인의 인권을 침해할 소지가 없지 않다. "어느 곳에나 있으면서도, 아무 데도 없는" 것이 금서이다. 주명철이 18세기 프랑스에서 나온 어떤 책의 속표지에 넣은 글에서 발췌하여 『바스티유의 금서』에 인용한 말이다. 사실 김태경이나 이상경처럼 문화투쟁을 전개하는 이들이 있듯이 많은 독자들 또한 당국의 눈을 피해 금지된 서적을 손에 넣으려는 욕망을 지니고 있다. 그러니 금서가 오히려 베스트셀러가 되는 경우가 없지 않다.

『책과 혁명』에서 로버트 단턴은 "혁명은 무엇으로 말미암아 일어나는가? 왜 가치체계는 바뀌는가? 여론은 어떻게 사건에 영향을 미치는가?"라는 질문에 대한 답을 "프랑스인은 어떤 책을 읽었는가?"라는 질문을 통해 찾을 수 있다고 한다. 이러한 질문을 통해 그는 1789년 프랑스 혁명에 많은 영향을 끼친 책들이 금서였음을 밝힌다. 그는 당시 금지된 베스트셀러는 대부분 포르노 소설, SF, 중상비방문 같은 것들이며 이들이 대중의 감정을 자극하여 봉건적인 인식체계를 바꾸었다고 주장하고 있다. 이러한 그의 주장에 기댈 때 사상과 이념의 금서가 혁명을 주도하는 것이 아님을 알게 된다. 사상과 이념이 한 시대를 움직이는 핵이라 하더라도 그것이 대중의 감정을 변화시키지 못한다면 아무런 힘을 발휘할 수 없다는 것이다. 이러한 점에서 권력은 전방위적인 금기의 장치를 배치하려 한다. 학교와 군대 그리고 사회라는 서로 다른 층위에서 적용되는 금서의 체계가 작동하는 것이다. 그러나 이러한 시스템은 앞서 말했듯이 대중의 호기심을 자극하여 스스로 무너지는 형국을 보이게 된다. 이는 곧 금서의 베스트셀러 현상으로 귀착한다.

레베카 크누스는 책의 학살이라는 뜻을 지닌 리브리사이드(libricide)라는 말을 창안한 바 있다. 그에 의하면 20세기는 이데올로기에 의해 책이 학살된 시대이다. 책을 학살하고 도서관을 파괴하는 일은 고대로부터 현대에 이르기까지 인류 역사와 함께해왔다. 한편으로 전통을 말살하고 다른 한편으로 우민을 만들기 위하여 리브리사이드가 자행된다. 그는 20세기에 진행된 책의 학살이 "목적의식적으로 신중하게 계획하여 저질러진 일"이라고 지적한다. 히틀러에 의해 자행된 홀로코스트의 유대인 학살은 그들이 지닌 책의 학살과 병행한다. 인종학살(genocide)와 문화말살(ethnocide) 그리고 책의 학살(libricide)은 폭력의 세기 20세기에 유럽과 아시아에서 끊임없이 나타났다. 우리도 일제지배와 이데올로기 전쟁을 겪으면서 이 세 가지 죽임의 역사를 피할 수 없었다. 디지털 기술의 발달과 더불어 책 중심의 문화 지형이 변동하고 있다 하더라도 책은 여전히 우리 사회와 국가의 상태(state)를 나타내는 바로미터가 아닌가 한다. 금서의 존재는 폭력의 가능성이 상존하는 사회임을 말하는 것이 아닐까? 레베카 크누스는 "책들은 타고난 활력에 덧붙여 사회에 활력을 불어넣고, 도서관은 우리 삶을 구체화하고 의미를 부여하는 이야기들을 모은다"고 말한다. 보다 자유롭고 행복한 사회가 되기 위하여 책과 도서관의 문화가 활성화되어야 함을 역설하고 있는 것이 아닐까? 그러나 아직 우리 사회에는 많은 검열 제도가 존속하고 있고 도서관 시설은 너무 적거나 열악하기만 하다. (2014. 6. 20.)

후쿠시마와 재난의 사상

'사상으로서의 3.11'에서 촉발되었지만, '사건이 사상이 되는 재난의 사상적 차원'은 어쩌면 나의 능력을 넘어서는 테마이다. 결국 후쿠시마 이후 원자력체제에 대한 비판의 목소리들을 찾아 생각을 정리해보았다. 마침 우리 사회의 녹색당이 태동하여 막 활동을 시작할 무렵 이 글이 쓰여졌기에 그와 연관된 이야기도 할 수 있겠다. 녹색당이 창당되었으나 아직 정치권에 온당하게 진입하지 못한 것처럼 우리 사회의 원자력에 대한 인식도 일천하기만 하다. 후쿠시마가 일본이라는 다른 나라의 일이 아니라 동아시아, 나아가 전지구적인 사건임에도 불구하고 강 건너 불구경하듯 바라보는 경향이 적지 않다. 이는 국가라는 인위적인 경계가 실제를 가리고 있기 때문인데 후쿠시마는 가장 먼저 국가의 문제를 주목하게 한다.

일본 내 난민이 된 후쿠시마인들의 삶은 앞으로 어떻게 될까? 다른 지역으로의 이주는 가능할까? 설사 이주한다고 하더라도 피폭을 당했다면 그들의 미래는 있는가? 벌써 그들은 일본 안에서 배제된 자, 소수자들이 되고 있지 않은가? 국가와 자본이 재해의 주범임에도 불구하고 국가와 자본은 그들을 버리고 있다. 이를 두고 급진적 차원에서 새로운 아나키즘의 태동으로 진단하기도 한다. "일본 열도는 세계 지리에서 아시아 대륙의 극동에 위치하고 있다. 그런 의미에서 일본은 아시아에 속한다. 하지만 방사선은 기상과 함께, 기류와 함께 여러 흐름으로 흩어져 갈 것이다. 그것은 새로운 잔혹의 지도를 그려 갈 것이다. 그리고 그것은 지구적 계급투쟁의 지도와 겹쳐지지 않을 수 없을 것이다. 이리하여 3.11 이후의 지구적 계급투쟁의 주체인 '신체'는 자신의 죽음과 병을 소재로 삼아 절망, 한탄, 분노를 무기로 삼아 묵시록적 대지로부터 일어서려 하고 있다."(코소 이와사부로, 「3.11 이후의 지구적 아나키즘」, 쓰루미 슌스케 외, 윤여일 옮김, 『사상으로서의 3.11』, 그린비, 2012.) 코소 이와사부로의 이러한 진단을 내가 따라가긴 힘들다. 그에 상응하는 이론적 인식과 사상적 실천이 부족한 때문이기도 하지만 여전히 강력한 국가의 존재를 의식하지 않을 수 없는 탓이다.

후쿠시마인들을 포기하는 대신 국가를 강화하고 자본주의

적 발전을 지속하려는 세력의 움직임 또한 만만치 않다고 나는 생각한다. 소위 '재난자본주의'의 '쇼크 독트린'을 실현하려는 기획들이 증가하고 있다. 전쟁과 지진 그리고 쓰나미와 다른 원자력 재난이 지닌 특수성을 주목하지 않을 수 없다. 후쿠시마는 재난 속에서 기존의 사상과 새로운 사상들이 충돌하는 장이다. 크게 볼 때 근대의 목적론과 파국의 종말론이 대결한다. 목적론의 정지는 가능할까? 종말의 예감이 창조의 활력이 되는 길은 무엇일까? 희망 없는 저항에 그칠지 모르겠으나 재앙을 딛고 일어서는 사상의 가능성에 귀 기울여 본다.

4.11 총선과 녹색당

4.11 총선을 앞두고 녹색당 창당을 준비하던 구자상(전 부산환경운동 대표)이 동참을 요청했다. 정당에 가입하는 것을 원치 않는 입장이기에 그의 제안을 받아들이지 않았지만 녹색당의 출현을 내심 기대하지 않은 것은 아니다. 80년대부터 환경운동을 해온 그는 4.11의 빈곤한 지지에도 불구하고 녹색당이 이제 우리 사회의 중요한 대안 정당이 되어야 한다는 신념을 잃지 않고 활동하고 있다. 그도 말하고 있지만 녹색당 창당의 여러 요인 가운데 후쿠시마의 계기는 매우 크다.

작년 3월 11일 지진과 쓰나미로 폭발한 후쿠시마 원전 사태는 원자력에 의존하고 있는 우리 사회의 에너지 시스템에 대한 발본적인 각성을 촉구한다.

녹색당 창당준비위원인 하승수도 후쿠시마 사고가 보여주는 '위기'를 강조하면서 사회의 흐름을 바꾸기 위한 대안 정치세력의 필요성을 강조한다. "핵발전 문제뿐만 아니라 새만금, 4대강, 댐, 케이블카, 조력발전소, 골프장 등 지금도 현안이 되고 있는 토건사업 문제, 농업문제, 청소년 · 청년들의 삶의 문제, 평화, 소수자 인권 등의 의제들을 정치의 영역으로 끌어들여야 합니다. 그래야만 변화가 있을 수 있습니다."(하승수, 「지금 왜 녹색당인가」, 『녹색평론』 2012년 1-2월호, 16쪽.) 그런데 하승수가 제시한 의제들은 기성 정치에서 인기가 없는 목록들이다. 국비를 매개로 정치인과 기업이 개발 연합을 형성하고 있는 것이 체제의 현실이다. 토건 국가 시스템과 원자력 중심 에너지 체제는 굳건하다. 이에 반하는 정치 목표를 지닌 녹색당은 그래서 '반(反)정당의 정당'이다. 녹색당은 기후변화, 피크오일, 식량위기, 원자력체제 등에 대응하는 정책을 내세운다. 이러한 점에서 녹색당은 일국 내의 과제는 말할 것도 없이 지역적, 지구적 과제를 동시에 껴안고 가야 한다.

4.11 총선에서 녹색당은 기대만큼 큰 지지를 확보하지 못했다. 아직 개발과 성장의 이데올로기가 지배적인 데다 원자력 중심의 에너지 체제가 지닌 위험성에 대한 인식이 빈곤한 데 기인한다. 그만큼 과학과 기술에 대한 맹신이 뿌리 깊고 우리 생활이 당장의 편의에 익숙하다. 그러나 '후쿠시마에서 부는 바람'은 기존의 인식과 관습을 흔들고 있다. 고리, 영광, 월성, 울진 등 원자력발전소의 안전성에 대한 논란에 대한 시민사회의 관심이 증폭하고 삼척 원자력발전소 설립이 맹렬한 반대에 부딪히고 있는 현상은 후쿠시마의 영향과 무관하지 않다. 후쿠시마 이후 일본국민의 68%가 2030년 원자력 제로정책에 찬동하고 있다. 부산시민 70%도 고리원전 1호기 재가동에 반대하고 있으나 정부는 이를 받아들이지 않으려 한다.

후쿠시마는 단지 지나갈 재앙이 아니다. 원자력발전소의 폭발은 지진과 쓰나미와 다른 차원을 지닌다. 그것은 한 나라의 지방(local)에서 발생한 사건이지만 국가(nation/state)의 경계를 넘어 지역(region)과 세계(global)의 영역으로 이월한다. 또한 인간적인 세계의 층위에서 지구라는 대지의 문제로 전환된다. 이러한 점에서 후쿠시마는 하나의 사건이지만 국가와 세계를 움직이는 기존의 체제에 대한 근본적인 성찰을 요청한다. '사상으로서의 3.11'이라는 명제가 탄생하는 대목이다. 풍토와 환경이 사상을 낳는 경우가 많다. 환경결정론이 아니라 주어진 환경에 적응하고 그것을 극복하는 과정에서 인간의 사상이 형성된다. 그런데 현대에 와서 사건이 사상이 되는 경우가 있다. 대개 세계사적이고 인류사적 사건이 그렇다. 9.11이 세계사적 사건이므로 미국중심의 세계체제에 대한 변혁사상으로 이어지듯이 후쿠시마는 히로시마, 나가사키의 연장선에서 원자력 중심 세계체제에 대한 근본비판을 이끌어내고 있다.

3.11과 재난 자본주의

3.11은 지진이 쓰나미로 이어져 일본의 동북지방이 파괴된 재난이다. 처음 쓰나미 소식을 전하는 뉴스 가운데서 이것이 침체된 일본 경제에 활력을 줄 요인이 있다는 전문가 진단을 들으면서 의아해했지만 곧 이어 발생한 후쿠시마 원전 폭발로 이러한 진단은 반복되지 않았다. 재난과 자본주의의 관계를 분석한 나오미 클라인은 '쇼크 독트린'이라는 개념을 제시하고 있다.(나오미 클라인, 김소희 옮김, 『쇼크 독트린』, 살림, 2008. 이하 이 책의 인용은 본문에 면수를 표시한다.) 그가 말하는 쇼크 독트린은 밀턴 프리드먼이 『자본주의와 자유』(국

내에서는 동명의 제목으로 청어람미디어 2007년 번역판이 있음)에서 말한 다음과 같은 발언과 연관된다. "실제이든 아니면 인식이든 간에, 오직 위기만이 진짜 변화를 만들어낸다. 위기가 발생하면 이제껏 밀려났던 사상에 근거한 조치가 취해진다. 또한 과거엔 정치적으로 불가능했던 일들이 오히려 불가피해진다. 우리는 그때가 올 때까지 기존 정책에 대한 대안을 발전시키고 지속시켜야 한다."(15쪽) 그러니까 자본주의로의 개조가 이루어지는 위기가 존재한다. 모든 단단한 것을 깨어부수는 재난은 극단적인 변화의 기회이다. 전쟁이나 재앙과 같은 사건이 벌어진 후에 공공부문에 치밀한 기습공격이 가해지는 경우가 많을 뿐 아니라 앞선 쓰나미 보도에서 보듯이 재난을 멋진 기회로 여기는 풍조 또한 적지 않다. 그래서 나오미 클라인은 쇼크 독트린으로 발전하는 자본주의를 '재난자본주의(disaster capitalism)'라 부른다.

나오미 클라인이 말하는 쇼크 독트린의 전개방식은 이렇다. "우선 쿠데타, 테러리스트의 공격, 시장 붕괴, 전쟁, 쓰나미, 허리케인 등의 재난이 국민들을 총체적인 쇼크상태로 몰아넣는다. 쏟아지는 폭탄, 계속되는 공포, 몰아치는 비바람은 사회를 약하게 만든다. 마치 고문실에서 시끄러운 음악과 구타가 죄수들을 약하게 만들듯 말이다. 공포에 질린 죄수들은 동지의 이름을 대고 자신의 과거 신념을 비난한다. 마찬가지로 충격에 빠진 사회는 이전에 강력하게 보호했던 것들을 포기한다. 배턴루지 구호소의 자마르 페리와 동료 재해민들은 공영주택 프로젝트와 공립학교를 포기했다. 쓰나미 이후 스리랑카의 어민들은 호텔리어들에게 자신들의 소중한 해변을 내주어야 했다. 모든 것들이 계획에 따라 진행되었다면, 충격과 공포를 느낀 이라크인들은 석유매장지, 공기업, 주권에 대한 통제권을 미군기지와 그린존에 넘겨주었을 것이다."(28-29쪽) 이처럼 허리케인으로 파괴된 뉴올리언스와 쓰나미가 휩쓸고 간 스리랑카, 미국의 침공을 받은 이라크는 민간 자본가들의 이윤추구의 장으로 급격하게 재편되었다. 후쿠시마 사건을 이와 같은 '재난자본주의'의 시각으로 이해하려는 입장이 생기는 것은 당연한 현상이다.

일본이 후쿠시마를 약체국가에서 벗어나 군사적 대국으로 나아가는 계기로 삼으려 하거나 원자력을 대신할 대체 에너지 개발을 통하여 자본주의적 발전의 지속성을 추구하려 한다는 점에서 '재난 자본주의'의 성격을 보이고 있음에 틀림이 없다.(조정환, 「인지자본주의와 재난자본주의 사이에서」, 『후쿠시마에서 부는 바람』, 갈무리, 2012, 129-134쪽.) 그렇지만 후쿠시마가 뉴올리언스나 스리랑카와 다른 점은 분명하다. 그것은 방사능 오염이라는 문제이다. 이것이 주는 공포와 두려움은 허리케인과 쓰나미와 지진의 그것과 달리 매우 항구적이다. 따라서 카타스트로프(파국)나 종말로 받아들일 소지가 충분하다. 여기서 우리는 두 가지 다른 관점을 발견하게 된다. 재난자본주의가 재난을 당한 사람들이 아니라 그 외부에서 개입하는 자본의 힘을 강조한다면 후쿠시마를 자본주의의 파국으로 바라보는 관점은 그 내부에서 새로운 세계상을 그리고 있다. 분명 두 가지 관점은 서로 대립하고 있고 앞으로도 대립할 공산이 크다. 전자는 후쿠시마에도 불구하고 원자력 중심의 에너지 체제를 유지하거나 그것을 대체하는 새로운 에너지의 개발을 통하여 자본주의적 발전을 도모하려 한다. 이에 반하여 후자는 후쿠시마를 세계사적 사상의 진원지로 삼으려는 이들에 의하여 원자력과 자본주의 체제의 멸절을 통한 새로운 세계의 창출로 기획된다. 이들은 자본주의와 그것을 작동하는 국가와 국가 간의 체계인 세계체제의 변혁을 갈구한다. 코소 이와사부로는 이렇게 말한다. "3.11이란 무엇인가? 일본인들에게 그것은 자신들의 삶과 미래에 관한 것이다. 그것은 또 그들의 현재의 생활 스타일의 의미에 관한 것일 뿐만 아니라 역사 전체의 의미에 관한 것이다. 지금 이것들 모두가 정지상태에 있다. 나의 많은 친구들은, 이것들이 한꺼번에 발본적으로 의문에 붙여질 필요가 있다고 느낀다.” (코소 이와사부로, 「녹색 속에 감추어져 있는 송곳니들」, 『후쿠시마에서 부는 바람』, 185쪽.)

코소 이와사부로가 말하듯 후쿠시마는 발본적인 성찰을 요구하고 있다. 그것은 ‘3.11의 불가역성’ 때문이다. 이것은 다른 어떠한 세계변혁의 추세와도 다른 차원을 내포한다. 그 차원은 인류사적 의미에서 불가역적이라는 사실이다. 그는 이러한 불가역성을 사고하지 않는다면, 세계를 인식하고 세계변혁을 상상하는 것은 불가능하다고 말한다.(코소 이와사부로, 「3.11 이후의 지구적 아나키즘」, 『사상으로서의 3.11』, 231-232쪽.) 이러한 사실을 후쿠시마라는 사건이 지닌 사상적 가능성이라 할 수 있을 것이다.

원자력과 세계체제

대부분의 우리는 1989년의 격변에 주목하여 세계체제를 이해한다. 소위 냉전체제의 와해 이후 정치적 불확실성과 불안정의 증대, 혼란과 내전 지역의 발생 등을 생각하고 있는 것이다. 월러스틴은 1990년대 이후의 세계체제를 대혼란의 한 형태라고 주장한다. 그는 세계 자본주의 체계의 모순이 어떤 시점에 도달했고 이 시점에는 체계의 정상적인 기능을 복구하는 메커니즘이 효과적으로 작동하지 못한다고 말한다. 확실히 월러스틴의 지적처럼 세계의 불확실성이 증대되고 있는 것이 사실이다. 우리는 세계의 정치와 경제의 미래에 관한 네 가지 논쟁에 직면하고 있다. 첫째, 국가 간의 세력 균형의 변화, 특히 새로운 패권 국가가 등장할 것인가의 문제. 둘째, 국가와 기업 조직 사이의 세력 균형, 세계화가 국가의 힘을 돌이킬 수 없도록 약화시킬 것인가의 문제. 셋째, 하위 집단의 노동과 생활조건이 바닥을 향한 경주의 한가운데 있는가의 문제. 넷째, 서양문명과 비서양문명 사이의 세력 균형의 변화에 관한 문제. 이러한 네 가지 문제는 달리 미국 패권의 쇠퇴와 중국의 부상, 전지구적 자본주의에서의 국가의 역할, 극단적인 양극화 사회의 도래 등으로 이야기될 수 있다. 그리고 이러한 세계사정을 불확실성 혹은 카오스로 진단하며 이러한 불확실성을 극복하는 방안으로 거버넌스를 제시한다. 그런데 후쿠시마는 지금의 세계체제를 원자력의 관점에서 다시 읽게 할 뿐만 아니라 원자력 체제라는 거버넌스의 한계를 적시한다.

원자력은 미국이 2차 세계대전 중에 세운 '맨해튼 프로젝트'의 소산이다. 맨해튼 프로젝트는 최단시간에 원자탄을 만들어내는 계획을 목표로 하였다. 그러다 보니 원자력이 지닌 위험성에 대한 고려는 충분하지 못했다. 이러한 위험성을 내재한 채 전후 평화적 이용으로 전환되면서 원자력이 지닌 많은 결함들은 은폐되었다. 전후 원자력 중심 세계체제는 원자탄을 보유한 미국과 영국과 소련의 독점체제를 의미한다. 이는 이후 프랑스와 인도와 중국이 핵개발에 성공하면서 원자력은 강대국의 상징이 되었다. 말할 것도 없이 이러한 발단은 전후 질서를 확립하는 과정에서 미국이 히로시마와 나가사키에 원자탄을 투하하여 헤게모니를 잡으려 한 데 비롯한다. 현금의 북한과 이란이 핵개발에 몰두하는 원인도 여기에 있다고 할 수 있다. 강성대국을 이루기 위해서는 원자탄을 가져야 한다는 환상을 전후 핵독점 세계체제가 만든다.

1953년 아이젠하워가 UN총회에서 제시한 '원자력의 평화적 이용'이라는 테제는 미국이 민간을 통하여 핵기술을 발달시키고 핵 산업을 글로벌 시장으로 확대한다는 의도에서 만들어진다. 일본이 원자력을 받아들인 것은 1954년인데, 미래에너지 정책의 일환이라는 이면에는 핵기술을 받아들여 핵무장이라는 미래의 선택지를 가능하게 하려는 대국화의 꿈이 깔려 있었던 것으로 야마모토 요시타카는 진단한다.(야마모토 요기타카, 임경택 옮김, 『후쿠시마 일본 핵발전의 진실』, 동아시아, 2011, 15-17쪽. 이하 이 책의 인용은 본문에 면수를 표시한다.) 그에 의하면 일본에서 "원자력발전의 진정한 목표는 에너지 수요에 대한 대처보다는 오히려 핵기술 보유, 즉 마음만 먹으면 핵무기를 만들어 낼 수 있는 핵무기 잠재적 보유국으로서 일본을 만드는 것이었다."(19쪽) A급전범인 기시 노부스케가 "평화적 이용과 군사적 이용은 백지 한 장 차이일 뿐"이라고 말한바, 이는 역사적 사실로 통한다. 2011년 현재 일본은 국내에 핵무기 1,250발에 상당하는 10톤의 플루토늄을 비축하고 있는 것으로 알려져 있다. 이러한 점에서 볼 때 일본은 "잠재적 핵무기 보유국"(37쪽)에 해당한다. 따라서 핵무기가 없지만 핵무기를 단시간에 제조할 수 있는 기술을 보유한 만큼 이미 강대국의 지위를 보장받고 있다.

원자력은 무해화가 불가능한 유독물질을 지속적으로 만들어낸다. 원자력발전은 무해하게 되기까지 길게는 50만 년이나 걸리는 위험한 방사성 폐기물을 남기는 "미숙한 기술"(48쪽)이다. 그럼에도 국가의 대국주의에 대한 열망과 원자력산업을 통해 엄청난 이윤을 취득하는 자본측의 개입으로 내재한 위험에도 불구하고 끊임없이 발전하고 있다. 인류의 전역사에 해당하는 기간 이상으로 안전성을 담보할 수 없는 원자력발전에 국가와 국가를 매개로 한 자본 연합체가 매달리고 있는 것이다. 그러나 세키 히로노가 말한 것처럼 "원전문제는 리스크가 아니라 카타스트로프"이다. 리스크는 울리히 벡이 말한 '리스크의 의미론'을 참조할 수 있다. 그것은 근대화 과정에서 유발된 미래의 위험을 의미한다. 그것은 기회와 위험이라는 두 가지 얼굴을 지닌 문명의 산물이다. "리스크와 재앙은 동의어가 아니다. 리스크는 재앙의 예견이다. 리스크는 미래 사건과 발전의 가능성을 논하고, 아직 존재하지 않은 세계 상황을 눈앞에 보여준다."(울리히 벡, 박미애 외 옮김, 『글로벌 위험사회』, 길, 2010, 30쪽.) 울리히 벡의 이러한 지적은 리스크에 대응하는 세계정치를 전제한다. 그에 의하면 재앙은 리스크가 현실이 되는 순간에 발생한다.

다카하시 도시오는 이러한 후쿠시마의 카타스트로프를 겪고 있는 일본을 '호러국가'라 지칭한다. "안전을 위장한 국가라는 밀실에 사람들을 가둔 채, 끊임없이 방사선과 방사능 공포에 노출시키는 인류최초의 호러국가가 되었음을 의미한다"(다카하시 도시오, 김재원 외 옮김, 『호러국가』, 도서출판 b, 2012, 12쪽.)는 것이다. 그러나 이는 일본만 해당하는 일은 아닐 것이다. 원자력 중심의 세계체제가 곧 호러 체제이며 이러한 체제에 포섭된 국가는 모두 호러국가라 할 수 있다. 한국 또한 노후화와 고장에도 불구하고 국가가 재가동을 서두르는 원자력 호러 속에 사람들이 살고 있다. 우리 내부에 공포를 지니면서 일상을 영위하고 있는 것이다.

후쿠시마와 인류사적 사상의 출현

다시 4.11 총선으로 돌아가 보자. 고리원전이 소재한 기장 해운대 지역구에 출마한 녹색당 구자상 후보는 2.62%(2543표)를 득표하는 데 그쳤다. 후쿠시마 이후 고리원전의 안전성이 거론되는 가운데 '탈핵'을 의제로 내세운 그로서 아쉬운 선거였다. 선거기간 동안 고리원전을 거론하는 것이 이 지역의 집값을 떨어뜨리는 일이라는 지역 이기주의적인 소문도 없지 않았다. 이보다 원자력이 안전하고 깨끗한 에너지라는 이데올로기가 여전히 사람들을 지배한 탓이라 할 수 있다. 아직 우리 사회에서 탈핵의 사상은 폭 넓은 호응을 얻고 있지 못하다. 그렇지만 후쿠시마라는 사건을 직면한 이후의 탈핵은 그 이전과 다른 사상적인 위상을 점하고 있음에 틀림이 없다. 하나의 인류사적인 사건이 사상을 형성하고 심화한다.

후쿠시마는 전쟁과 같은 비상시에 가깝다. 그러나 전쟁과 같은 예외상태가 강요하는 국가주의나 이에 반하는 사상의 출현과는 다른 과정의 사상을 형성하게 한다. 원자력은 자연 발생하는 에너지가 아니며 인간에 의해 만들어진 에너지로 인간과 자연계에 적대적이다. 그럼에도 이것은 인간의 망상적인 욕망에 의하여 거듭 발전한다. 후쿠시마 사건은 이러한 인간의 한계와 덧없음을 나타낸다. 그 어떠한 과학과 기술로도 해결할 수 없는 파국을 경험하게 된 것이다. 이러한 환멸적 상황에서 희망을 말하는 것은 허위일 가능성이 많다. 그러나 희망의 원리는 절망과 비판과 환멸 속에서 태동한다.

후쿠시마는 인류의 종말론적인 징후이기도 하지만 새로운 구원의 이야기를 일깨우기도 한다. 조정환은 이러한 후쿠시마의 성격을 이렇게 말한다. "방사능 바람이 헤아릴 수 없는 생명체를 죽음으로 몰아넣었고 또 그보다 훨씬 더 많은 생명체들에게 질병, 공포, 우울, 무기력 등을 가져다주는 것은 분명하다. 그렇지만 그것은 동시에, 낡은 핵국가 체제를 위기로 몰아넣으면서 그 낡은 체제를 대체할 새로운 운동의 가능성을 열고 그 싹을 대중 속에 심는다. 이렇게 후쿠시마는 서로 상반되는 힘들이 얽혀드는 현장으로 되고 있다. 후쿠시마에서 부는 바람은 모든 사람을 죽게 할 방사능 바람과 새 생명을 움트게 할 변혁의 바람, 재앙의 바람과 혁명의 바람, 죽음의 바람과 사랑의 바람, 몰락의 바람과 전환의 바람이라는 두 가지 성격을 동시에 갖는다."(조정환, 「책머리에: 혁명과 재앙 사이의 후쿠시마」, 『후쿠시마에서 부는 바람』, 15쪽.) 이처럼 후쿠시마는 새로운 사상의 거처가 되었다. 우선 이것은 원자력 중심의 세계체제에 대한 반체제 사상을 낳는다. 이는 2차 대전 이후의 전후 자본주의 시스템에 대한 근본적인 성찰로 이어진다. 가령 코소 이와사부로는 '세계원자력체제'로 불릴 수 있는 시스템을 생산하고 관리하려는 재해 자본주의에 대한 저항인 "살아남기 위한 투쟁, 희망에 다가가기 위한 사실의 인식, 즉 절망의 공유를 위한 투쟁"이 전개될 것이라 생각한다. 그리고 이러한 투쟁은 반자본주의, 반국민/국가, 기구/장치의 재편으로 이어져야 한다고 주장한다. 재해 자본주의는 이미 후쿠시마를 재앙 지역으로 분리하고 그 지역민을 타자화하려는 전략을 구사하고 있다. 국민국가 안에서 이질적인 공간과 종족의 이미지를 덧씌움으로써 기존의 시스템을 영속화하려는 것이다. 자본주의를 이끌어가는 국가는 자본주의의 발전에 저해하는 국민을 가차 없이 비국민으로 만드는 장치이다. 후쿠시마는 이러한 국가와 국가 간의 전지구적인 시스템에 저항하는 인류사적 민중의 탄생을 예견한다.

다음으로 후쿠시마는 과대망상적인 인간중심주의에 대한 종지부를 요청한다. 원자력과 생명공학은 인간의 과대망상의 산물이다. 그것은 대도시의 젠트리피케이션이 보이는 초고층 건물과도 상응한다. 폴 비릴리오가 "바벨탑의 징후를 보이는 비정상적 사태"(폴 비릴리오, 이정하 옮김, 『시각 끝 너머의 예술』, 열화당, 2008, 53쪽.)라고 한 과잉과 맹목의 진보가 불길하다. 지구가 하나의 한계라는 인식이 전제되지 않은 모든 실험적 사고는 대량학살이라는 인간의 희생을 불러오게 마련이다. 코소 이와사부로는 세계와 지구라는 개념의 차이를 통하여 세계가 아니라 지구의 부상에 주목하여 세계와 지구의 균열이 기존의 주체성, 사회성, 역사성, 세계성을 흔들고 있다고 말한다. 그리하여 그는 "유기적 생과 무기적 생을 아우르는 지구적 운동", "지구의 시대"의 도래를 주장한다. 국가 간의 체제가 아니라 지구가 사유와 운동의 중심이 되어야 한다는 것이다. 그런데 후쿠시마가 재난을 통한 사상적 전회를 가능하게 할 것인가? 하나의 계기가 된 것은 틀림이 없으나 현대인들에게 익숙한 스펙터클의 한 장면이 되어 사라질 것은 아닌가? 미래에 대한 상상은 재앙에 의한 파국과 과학과 기술의 진보라는 두 가지 양상으로 나뉜다. 전자가 종말론이라면 후자는 목적론이다. 후쿠시마는 목적론적 것과 종말론적인 것을 동시에 사유하게 한다. 인류가 역사의 목적을 실현하기도 전에 종말을 맞을 수 있는 것은 아닌가? 세계화를 거부하는 지구의 시대는 쉽게 열릴 것 같지 않다. 세계화는 묵시의 암시를 내포한다. 그것은 국가의 소멸이 아니라 오랜 대국주의가 최후의 목표를 향해 나아가는 난폭한 과정이다.

그렇다면 후쿠시마가 이러한 대국주의에 대한 비판으로 이어갈 수 있을까? 이를 소국주의 사상의 부활로 이끌어가는 방안은 없는가? 원자력은 모든 나라에서 대국주의의 열망을 지핀다. 현재와 같은 국가 간 시스템에서 반국가 사상의 실현 가능성은 세계적 규모의 혁명을 제외하고 불가능하다. 그렇다면 원자력에 기반하여 생산력의 끊임없는 확대를 지향하는 대국주의를 포기하는 것이 하나의 방법이 된다. 소국주의는 지구 아나키즘과 대국주의 사이에 있다. 지구 아나키즘의 도래가 불가능하다는 관점에서 소국주의는 실현 가능성을 전제한 대안이다. 일찍이 1차대전 이후에 세계개조론의 한 양상으로 등장한 바 있는 소국주의는 노자(老子)에 연원을 두고 있다. 무명(無名)과 무위(無爲)의 지향을 국가의 문제에 적용할 때 소국주의 사상이 발흥한다.(소국주의에 대한 자세한 논의는 최원식, 「대국과 소국의 상호진화」, 『제국 이후의 동아시아』, 창비, 2009, 13-32쪽.) 이를 오늘에 가져오면 국가 간의 경쟁을 줄이는 일일 뿐 아니라 기존의 자본주의적 생산 시스템을 수정함으로써 새로운 문화와 생활을 창출하는 일과 연관된다. 메이지 이후 일본은 대국주의를 견지해 왔다. 대국굴기(大國屈起)를 내세우고 있는 중국이나 경제 강국을 지향하는 한국 또한 대국주의를 추구함에 다를 바 없다. 이러한 대국주의가 원자력 신화를 자신의 이데올로기로 삼는 것은 당연하다. 그러나 후쿠시마는 원자력에 기반한 대국주의가 전례 없는 파국을 부를 수 있다는 교훈을 남기고 있다. 과학 기술로 자연을 넘을 수 없다는 인식과 더불어 인간적인 노동의 사회로 전환하는 노력은 곧 소국주의로의 개조에 상응한다. 일본의 대국주의자들은 후쿠시마를 계기로 평화헌법을 수정하여 명실이 상부한 군사강국으로 나아가려는 움직임을 보이고 있다. 이러한 흐름을 좇아 일본인이라는 동일성을 강화하면서 낡은 시스템을 복원하고 강화할 가능성이 없지 않다. 그러나 후쿠시마는 인류사적 사상이 출현하는 장이 되어야 한다. 이는 전전의 세계사의 철학을 상기하게 한다. 헤겔을 뒤엎은 전전의 일본사상이 제국을 분식하는 데 그쳤다면 지금 후쿠시마는 진정 인류의 미래를 가늠하는 사상의 거처가 될 수 있다. 일본은 미국과 더불어 원자력으로 세계를 공포에 몰아넣고 있는 나라이다. 이러한 오명을 벗어나는 길은 인류의 미래를 바르게 이끄는 사상을 창출하고 그것을 이행하는 것이다. 여기서 소국주의가 하나의 방법으로 부상한다. (2012. 8. 28.)

•4부•

장소의 혼,
장소의 멋

우리가 사는 도시를 구체적으로
인식한다는 것은 어찌 보면 무감각해진
우리의 의식을 깨치는 일과 무연하지 않다.

장소의 혼, 장소의 멋을 찾는 길

문화유산의 근대적 개념을 먼저 생각해 보자. 가령 프랑스 혁명과 함께 수년 동안 노트르담 대성당에 배치된 왕의 석상들의 목이 잘리고 생드니 성당의 왕족 묘지들이 침탈당하는 등, 구체제의 상징들이 파괴되는 수난을 겪고 난 뒤 전통과 유산에 대한 논쟁이 전개되었던 일을 들 수 있다. 실제 유럽에서 문화유산의 보전이 기원과 정체성을 지키고 유지하는 일이 된다는 인식은 낭만주의 운동에서 시작된다. "모든 단단한 것들이 녹아 없어지는" 자본의 행진 속에서 "과거를 파괴하지 않고 과거에 대한 장례를 지내는 방식"이 선택된 것이다.

새마을운동으로 대변되는 우리의 근대화가 미신타파와 결합한 사례를 돌이켜 볼 수 있다. 도로가 생기고 담장과 지붕이 바뀌는 등 주거공간의 합리화와 함께 '낡고 단단한' 민속들도 해체되었다. 아이들은 이 과정에서 '새마을운동가'만

부른 것이 아니라 '미신타파가'도 불렀다. 근대화는 특수한 지방의 문화들을 일소하면서 균질화된 국민을 만들어내는 일과 구분되지 않았다. 이후 국가가 지방의 문화유산을 보전하는 정책을 펴는데 이는 폭풍이 휩쓸고 간 뒤 그 잔해들을 수습하는 일과 흡사했다.

소위 '박물관화'로 불리는 문화유산 정책이 전개되는 것은 근대 이후(post-modern)와 연관된다. 계획된 건축과 표준화된 주택으로 획일성이 지배하는 모더니티 도시로부터 공간의 다양한 면모를 창출하려는 기획들이 추진되면서 유산의 복원과 장소 만들기를 통한 지역의 문화적 정체성 형성 사업이 일반화되었다. 그런데 이러한 지역문화정책은 이윤을 위하여 문화유산의 정체성을 활용하는 일과 무관하지 않다.

문화유산이 근대적인 개념이듯이 장소 또한 근대적인 발명이다. 장소의 탄생은 근대 국가의 중앙권력에 의해 진행된 장소파괴와 무장소성의 확대에 대한 대응이라 할 수 있는데 전근대 사회에서 장소라는 개념은 잘 인식되지 않는다. 지방적 가치(locality)가 해체되는 근대화 과정에서 장소의 의미가 부각되고 있는 것이다. 가령 백석(白石)의 시는 장소의 의미를 되새기게 한다. 그의 시는 고향인 평안북도 정주의 구체적인 장소들, 지방적인 생활세계의 이미지들로 채워져 있다.

그의 시에서 장소는 추상적인 위치가 아니며 전체적인 삶의 정황이자 실존의 내용에 다를 바 없다. 그는 축적된 기억과 집단적 전통의 경험(Erfahrung)을 서술함으로써 근대의 질곡에 대응한다.

사실 근대는 구체적인 장소가 아니라 추상적인 공간에 적응하기를 요구한다. 모더니즘 작가들은 낯선 도시에서 소외를 딛고 자기만의 장소를 찾는다. 이러한 과정에서 '공간의 장소화'라는 개념을 얻을 수 있다. 발터 벤야민은 경험과 체험(Erlebnis)의 개념을 통하여 보들레르를 논한다. 체험은 대도시가 주는 일시적이자 단속적인 충격을 수용하는 방식이지만 이러한 체험의 반복과 그에 대한 기억을 의미 있는 이야기로 바꾸어 놓는 것은 경험이다. 보들레르의 시는 소외된 도시 공간에서 겪은 체험을 지속적인 기억으로 전환시킨 경험의 소산이다.

근대 도시민은 안정적인 장소의 기억을 잃고 낯선 공간에서 우연과 무의미를 반복하면서 단절을 극복하려 한다. 도시민에게도 집은 실존적인 내부성을 담지한 장소이다. 하지만 대다수의 주거공간이 된 아파트가 부여하는 장소감은 크지 않다. 이러한 가운데 참된 장소를 찾는 행위는 도시탈주와 귀향으로 나타나고 원초적인 장소경험을 회복하고자 하는 도시민의 염원은 사라지지 않는다. 장소를 창조하면서 인간다운 삶을 누리려는 노력들은 간혹 마을 만들기와 같은 공동체 운동으로 발전하기도 한다. 담장을 허물고 골목을 다듬거나 아파트 내에 공동 공간을 만드는 등의 노력으로 장소성을 찾으려는 행위들은 파편화된 체험이 아니라 연속성을 지닌 경험 공간을 공유하려는 도시민의 절박한 의식의 소산이다.

장소 회복에 대한 염원의 한편에 장소상실 혹은 무장소성이 일반화된 삶의 경향으로 자리 잡은 것은 오래다. 미셸 드 세르토는 도시민의 일상을 설명하면서 기존의 장소와 공간 개념을 뒤집는다. 그는 도시를 도시주민들의 삶과 움직임을 지배자의 이익을 따라 조직하고 통제하기 위해 세워진 장소라고 생각한다. 슈퍼마켓이나 아파트나 거리는 모두 장소들인데 주민들은 이러한 장소에서 자신에게 맞는 공간을 구성하고 있다는 것이다. 그에게 공간은 실제화된 장소 혹은 사람들의 창조성에 의해 형성된 것으로 '세팅'이라는 개념에 상응한다. 하지만 도시민이 그야말로 그들의 자유의지에 따라 자신의 이미지를 재창조하는 공간을 형성하는가에 대한 의문은 여전히 남는다. 가령 쇼핑이라는 행위에 있어 자기 정체성을 얻는 일과 타자와의 동일시 욕망은 공존한다.

현대인들은 제각기 반복되는 경험을 통하여 장소에 대한 심상지리(mental map)를 지니고 산다. 지역과 인종, 계급과 젠더와 세대에 따라 서로 다른 심상지리를 품게 되는 것이다. 안데스 산맥의 농민이나 지리산 기슭에 사는 은둔자의 심상지리와 세계도시 뉴욕과 서울에 사는 사람들의 심상지리가 같을 수 없다. 세계를 지구촌으로 인식하는 사람들에게 지방의 문화적 침식이 당연하게 받아들여질 뿐 아니라 문화적 예외는 허용되지 않는다. 하지만 안데스 농민에게 그가 사는 장소는 우주와 다를 바 없다. 그들에게 인간은 대우주의 일부인 소우주이다. 따라서 장소는 모든 생명체들의 제유적 연관으로 이해된다.

전통적으로 우리는 자연과 조화로운 장소를 형성해 왔다. 미적 범주로 따지자면 '우아'를 추구하였는데 '멋'은 이러한 우리의 특수미를 나타내는 말이라 할 수 있다. 근대 들어 이러한 멋의 생활세계는 크게 해체되었다. 만일 우리에게 '장소의 혼'을 찾으라면 여전히 멋이 깃든 장소를 들 수 있을 것인데 산사나 고궁, 고즈넉한 농촌 풍경에서 어렵지 않게 만나게 된다. 그러나 아쉽게도 번잡한 도시에서 이처럼 멋을 느끼기가 쉽지 않다. 간혹 낡은 주점이나 후미진 뒷골목 장소에서 이와 맞닥뜨리게 되는 일이 있지만 스펙터클을 통하여 숭고를 창출하려는 도시의 그늘에 묻히고 만다.

지리학자 이-푸 투안은 "한 장소를 아는 데에는 얼마만큼의 시간이 걸리는가?"라고 묻는다. 장소와 공간 혹은 자연과 문명, 도시와 농촌을 이분법으로 바라보는 시각은 온당하지 않다. 획일화된 근대의 무장소성을 저항 없이 그대로 수용하는 일 또한 무감각의 죄를 짓는 일이다. 그렇다고 대규모 테마파크를 만들어 새로운 장소 정체성을 형성하거나 이미 다른 곳에서 만들어진 정체성을 차용하려는 행위도 능사는 아니다. 무엇보다 생활세계의 수준에서 추상화된 공간을 구체적인 장소로 바꾸어 갈 수 있다는 인식의 전환이 요구된다. 장소의 멋은 바로 이러한 차원에서 추구되어야 한다. (2009. 12. 22.)

마음을 움직이는 공간이 있다

몇 번을 가보아도 질리기는커녕 그립기만 한 장소가 있다. 가령 내게 그 한 예를 들라면 해운대 미포 입구와 같은 곳이다. 경사진 길을 따라 철도 건널목이 있던 지점을 넘을 즈음 멀리 수평선으로 분할된 바다와 하늘이 매우 선명하게 다가온다. 맑은 날이면 물결에 잘게 부서지는 햇살로 반짝이는 바다가 눈부신 반면 하늘은 자주 고요의 얼굴을 한다. 사나운 날씨가 되어 비바람이 치고 사위가 어두워도 가로등 너머 밀려드는 파도의 하얀 포말이 유난히 인상적이다. 길을 나서면 습관처럼 미포를 향하는 일이 잦다. 미포가 내 마음을 이끄는 것은 아닐까?

미포 주변에 걷기 좋은 길이나 아름다운 경관은 한두 가지가 아니다. 길목 어귀에서 달맞이 언덕길을 거슬러 올라 울창한 숲길에 당도할 수 있는가 하면 포구를 지나 해운대 해수욕장을 따라가다 동백섬을 한 바퀴 돌 수도 있다. 이처럼 멋진 풍광들에 비한다면 미포는 그저 퇴락한 풍경에 지나지 못할지도 모른다. 그도 그런 것이 엉성한 간판들이 즐비하고 결코 화려하지 않은 네온사인들이 깜박거릴 뿐이다. 현대식 건축으로 도열된 해수욕장 주변과 크게 대비되지만 시골 아낙처럼 수수한 표정을 잃지 않고 있다. 어쩌면 이와 같은 모습이 나의 마음을 움직이고 있다고 해도 되겠다.

도회의 사람들은 친숙한 장소가 사라지는 경험에 익숙해 있다. 나 또한 공간의 변화를 당연하게 생각해온 지 오래다. 무서운 속도로 길이 바뀌고 낯선 건물이 앞을 가로 막는다. 추억의 자리에 아파트가 내려앉거나 재건축을 위해 집은 비고 벽에 붉은 글씨들이 갈겨져 있기도 한다. 보름 전 한나절을 중고교 시절 살던 전포동 일대를 배회하면서 기억의 장소를 탐문한 결과다. 골목과 계단과 철길은 이미 자취를 다 잃어버린 지 오래고 옛 생각을 떠올릴 만한 건물은 흔적조차 남지 않았다. 그나마 학교와 공공도서관이 남아 있어 과거를 향한 발품에 위안이 되긴 하였다.

몇 년 전 한 달간 유럽 몇 개 나라를 경유하는 겨울 문학기행을 다녀온 적이 있다. 이후 겨울이 되면 이국병에 사로잡히게 되었는데 특히 하이델베르크, 바이마르, 프라하 등에서 미로를 헤맨 기억이 사라지지 않는다. 추위가 뼈에 스미는 눈길을 걷기도 했으나 결코 거리와 건물이 유인하는 마음의 흥분을 가라앉힐 수 없었다. 단지 낯설고 먼 이국의 도시여서 그런 것은 아니다. 분명 처음 가본 도시였지만 가만히 숙소에 쉬게 내버려두지 않고 끊임없이 밖으로 사람을 불러내는 이상한 마력을 지니고 있었다. 이는 이들 도시가 품고 있는 하이데거나 괴테 그리고 카프카에 대한 나의 얄팍한 지적 호기심과도 무관하다. 가로와 광장, 다리와 건조물 들이 순식간에 여행자의 심경을 요동치게 한다.

말할 것도 없이 장소와 공간에 끌리는 감각과 취향은 사람마다 다를 수 있다. 그렇다고 많은 사람들이 공감하는 경향이 없다는 것은 아니다. 사람들의 마음을 지배하거나 위무하고 치유하는 공간이 있기 마련이다. 이러한 공간을 만들어내는 책무는 시민과 전문가들에게 함께 주어져 있다. 하지만 대개 사람들은 공간을 객관적인 대상으로 이해하려 한다. 인지된 것으로 공간을 받아들이면서 주관적이고 정서적인 반응을 애써 무시한다. 하면 마음에 상처를 주는 공간을 그저 팔자소관으로 수용하고 넘겨야 하는가? 그렇지는 않다. 행복한 공간에 대한 시민의 권리는 당연하다. 따라서 누가, 왜, 이토록 난폭한 공간을 기획하였는가를 따져야 한다. 요즘 미포에 가면 가슴 한편이 서늘해짐을 느낀다. 단지 자본이 고

안한 건축 때문만 아니다. 내 마음을 오래도록 사로잡은 이 한 편의 장면이 영원히 사라지지나 않을까 하는 불안이 엄습한다. (2017. 3. 14.)

아파트가 의미하는 것

프랑스 인류학자 발레리 줄레조는 우리나라를 '아파트공화국'이라 칭한 바 있다. 국민의 60%가 아파트에 살고 있으니 그녀의 명명에 일리가 없는 것은 아니다. 택지부족을 해결하고 주거환경을 개선한다는 목표를 내걸고 단지 개념의 아파트를 건설하게 된 1975년부터 2000년까지 아파트 거주 가구 수가 무려 55배 증가하였다는 통계가 있다. 아파트는 이미 한국 중산층의 대표적인 주거양식이 되었다. 우리나라와 달리 서구 사회의 부르주아지가 선호하는 주거양식은 교외의 단독주택이다. 그들에게 아파트라는 집합적 주거형태는 빈곤층을 위한 사회주택에 가깝다.

우리 근대성의 표상

한국의 아파트는, 예를 들어 프랑스의 아파트와 전혀 다른 사회학적 의미를 가진다. 발레리 줄레조는 세계에서 유례를 찾기 어려운 한국의 아파트 열풍을 한국식 '압축 성장'과 정부와 건설 재벌, 중산층의 동맹으로 설명한다. 아파트는 근대 이후 가장 '한국적인' 현상인 셈인데 달리 한국 근대성의 표상이라 할 수 있다.

이미 주택의 모든 구성요건이 갖춰져 있어 돈으로 구매하기만 하면 되는 아파트는 1970년대 이래 중산층이라는 기호가 되었다. 그런데 고가 아파트가 건설되면서 1990년대 이후 아파트는 서민과 중산층 그리고 상류층의 기호로 분화된다. 주거형태가 거주자의 경제적, 사회적 지위, 교육 수준, 가치관 등을 말해주고 있다. 1970년대와 1980년대 소설에서 아파트 거주를 중산층 진입의 기호로 바라보는 작가의 시선을 우리는 쉽게 접한다. 재래주택은 사회적 성공의 기호가 된 아파트를 위해 가차 없이 버리고 떠나야 하는 헌 집으로 재현된다.

그런데 오늘날 아파트의 대중화는 중산층의 기호를 퇴색시킨다. 민영건설사들이 지은 분양 아파트가 일반화되면서 임대 아파트가 가난의 기호로 전락한 것은 오래다. 아울러 2000년대 들어 초고층의 고가 아파트가 등장하면서 일반 아파트는 행복한 중산층이 아니라 상대적 박탈감과 빈곤감에 시달리는 불행한 중산층의 기호로 바뀌고 있다.

집 없는 사회의 욕망

박완서가 「닮은 방들」에서 지적하듯이 "한국 중산층은 같은 이름을 가진 아파트에 살면서 이웃과 같지 않음에 고통받고 이웃과 같음에 고통 받는다." 아파트는 시인 황지우의 표현대로 '번역극 무대'다. 아파트는 새로운 주거 양식 속에 내포된 서구식 생활양식과 한국의 전통적 생활양식이 충돌하면서 아슬아슬한 공존을 도모하게 되는 장이다.

우리사회에서 보편화되고 있는 아파트의 주거양식은 생활의 변화는 물론 지역, 세대, 계층 간의 차별화를 초래하고 있다. 가령 김윤영의 소설 『철가방 추적작전』은 1980년대 임대아파트에 사는 소시민 계층의 애환과 사회적 격리 문제를 잘 드러내고 있다. 복거일의 「마법성의 수호자, 나의 깨끗한 들깨」에는 아파트 조합과 건설사에 조종되면서, 보다 고급화된 아파트를 소유하려는 물질적 욕망에 물든 군상이 등장한다. 박완서의 「무중」에서 아파트 구입은 성공의 목표가 되고 있다. 하지만 이로써 물질적인 만족을 얻지만 정신적인 불안은 해결되지 않는다.

주거공간은 생산과 일의 장인 공장과 사업장, 교육의 장인 학교와 더불어 현대적 삶을 구성하는 삼요소 가운데 하나이다. 현대를 사는 우리는 모두 이 세 가지 영역을 통과

하면서 살고 있다. 그렇다면 주택 위주이던 주거공간이 아파트로 바뀌는 현상이 가지는 사회적 의미는 크다. 생활세계와 사적 영역의 조건들이 달라지고 있음을 뜻한다. 오늘날에 와서 한국인에게 아파트는 주거의 한 형태에 한정되지 않는다. 오히려 아파트에 자본과 권력이 집중되면서 지배적인 주거 양식으로 자리 잡아가고 있다. 이러한 가운데 우리의 삶 또한 질적인 변화가 일어나고 있다. 그렇지만 문순태의 소설 「늙으신 어머니의 향기」가 말하듯 아파트가 궁극적인 인간다운 삶을 실현하는 목적일 수는 없다. 아파트에서 집의 진정한 의미를 찾고 땅의 향기를 구할 길은 없는 것일까? (2009. 4. 7.)

추상적인 너무나 추상적인

우리 사회에 유령처럼 떠도는 말이 있다. 사람들이 죽어가고 있거나 이미 죽었다는 지방이라는 말이다. 또한 많은 이들이 한결같은 목소리로 이를 살려야 한다고 외친다. 도대체 지방이란 무엇일까? 서울 사람 혹은 경기도 사람들조차 목포나 대구나 부산을 가면서 지방에 간다고 한다. 또한 목포나 대구나 부산에서 온 사람을 지방에서 올라온 사람들이라고 한다. 왜 그들은 구체적인 지명 대신에 추상적인 지방이라는 말을 쓰고 있을까?

철저한 선악 이원론에 기초한 마니교처럼 서울과 지방은 이분법의 이미지로 고착되고 있다. 지방민들은 서울을 선망과 질시의 공간으로 간주한다. 권력의 중심이자 자본 축적의 블랙홀이 수도권이라는 통념에 사로잡힌다. 경우에 따라 서울의 스펙터클을 경배하면서 기약 없이 정신적인 이주를 꿈꾼다. 다른 한편 지방의 후진성을 중심 탓으로 전가함으로써 자기의 나태와 안이를 합리화하고 내부의 인정과 권리를 수호하려는 지방주의자들도 없지 않다. 이러한 이들이 더욱 문제적인 것은 지방의 내발적 가치와 창의적 계기들을 탐구하고 발굴하려 들지 않는다는 데 있다. 도처에서 서울과 지방, 중심과 주변의 이분법을 제 논에 물 대듯 끌어들이는 이들이 넘쳐난다.

문제는 이분법이다. 너무나 추상적인 이분법의 인식 틀에 의탁하는 풍조에서 벗어나야 한다. 진실은 구체적이다. 찬찬히 실상을 살펴보면 주변과 중심은 그 어디에도 다 있다. 이들은 여러 양상으로 중첩되어 삶의 주름들을 형성한다. 흔히 주변이라고 하는 '로컬'도 기실 복잡다단하기 짝이 없다. 그만큼 변화하는 세계의 영향을 받고 있다. 이러한 점에서 베노이트 만델브로트가 창안한 프랙털이라는 개념이 주목된다. 우리가 사는 곳을 위성에서 내려다볼 것인가, 아니면 보행으로 구석구석 돌아다닐 것인가, 이도 아니면 기어가는 벌레의 입장이 될 것인가? 우리가 어떤 입장이 되는가에 따라 로컬의 풍경은 크게 달라지기 마련이다.

영국의 비정부기구인 커먼 그라운드는 안정적으로 정주하는 시티즌 대신에 유동적인 데니즌이라는 개념을 제시한다. 특정 장소에 살면서 그 장소를 횡단하여 지적으로 거주하는 사람이 데니즌이다. 달리 내지여행자의 입장이 되라는 것인데 지역의 장소와 공간에 대한 구체적인 앎을 늘려가며 실천하자는 제안을 담고 있다. 시민의 입장에서 우리는 중심과 주변, 서울과 지방의 이분법에 갇힐 공산이 크다. 그러나 데니즌의 입장이 되면 내부로부터 지역에 대한 앎을 누적하면서 지역이 안고 있는 엔트로피를 줄여갈 구체적인 방안을 찾을 수 있다.

지역에 대한 구체적인 앎은 곧 지역에 대한 책임으로 이어진다. 우리가 더 많이 지역을 탐구해야 하는 까닭이 여기에 있다. 이러한 과제는 비단 지방의 문제만은 아니다. 우리 사회의 중심이라 간주되는 서울 혹은 수도권이 지역 탐구에 더 많은 공력을 기울이고 있다는 사실을 명심할 필요가 있다. 가장 구체적인 장소는 몸이고 그 몸이 느끼는 감각이다. 그리고 그 몸이 살아가는 마을이며 거리다. 이러한 장소에 무엇이 있고 무엇이 달라지고 있는지를 모르면서 지방 몰락만 외쳐 될 일이 아니다.

우리가 사는 고장조차 추상적으로 이해하는 경향이 비등한 것이 사실이다. 추상적인 너무나 추상적인 시각으로 우리의 도시를 말하고 있지는 않은가? 곰곰이 내가 사는 도시에 대한 나의 앎이 어떠한가, 스스로 따져보자. 이제 기존의 이분법이 만들어 놓은 위치에서 놓여나 새롭고 무한히 풍요로운 경험과 가능성을 찾아가야 할 시점이다. 만일 장소와 거리의 인문학이라는 것이 있다면 앞서 말한 데니즌의 내지여행과 그를 통해 축적되는 지식과 연관될 것이라고 생각한다. 더 나아가 이러한 지식이 로컬의 지속 가능성을 실현하는 미시정치학으로 발전할 수 있을 것이라 믿는다. (2016. 8. 2.)

가을 우포를 그리며

최근 우포에 두 번 가게 되었다. 한 번은 경남의 한 문학매체가 하는 행사에 참석하면서 행사장 아래 펼쳐진 우포를 이리저리 볼 수 있었다. '푸른우포사람들'의 생태학습장이 있는 지점이다. 이곳에 처음 와본 것은 벌써 10여 년 전이다. 내가 편집위원으로 있던 잡지가 기획한 생태탐방으로 들렀고 이후 '푸른우포사람들'의 회원이 되기도 했다. 제때 회비를 내지 않는 부실한 회원임에도 아직 다달이 회보를 받아 보고 있다. 우포를 가꾸고 보전하려는 이들의 노고 덕에 10년 전이나 지금이나 우포는 변함이 없다.

한가위를 지난 주말, 나는 또다시 우포를 만날 기회를 갖게 되었다. 한국현대시조시인협회 연찬회가 열리는 성씨 고가를 찾았다. 이번엔 작정을 하고 우포를 만나기로 했다. 우포를 우회하는 길을 따라 탐방로에 접어들기도 하고 늪을 따라 산책로를 걷기도 했다. 더위가 가시지 않은 날씨로 오래 산책하긴 힘들었지만 우포를 기억하기에 충분하였다. 말할 것도 없이 제대로 우포를 알려면 며칠은 걸려야 한다. 시간의 흐름에 따라 변환되는 풍경을 새기려 든다면 더 많은 나날을 함께하지 않으면 안 된다. 그럼에도 나는 초가을 몇 시간의 만남으로 만족하였다. 다시 우포를 기억할 수 있었기 때문이다.

창녕 대지면 석동마을의 성씨 고가는 아름답고 품격 있는 한옥이다. 대청마루에 둘러앉아 현대시조에 관한 세미나 발제를 하게 된 것은 귀한 경험이다. 현대시조가 지나간 유가의 형식을 되살리려는 것이 아님에도 고가의 정취와 어울려 멋의 미학을 대표할 수 있겠다는 생각을 하였다. 아래로 고이면서 요동하는 '한'과 위로 살포시 날아 앉은 '멋'은 우리의 미를 대변하는 두 가지 경향이다. 이 둘은 그동안 서로 맞서지 않지만 한데 섞이진 못했다. 그런 점에서 멋은 한을 이해해야 하고 한은 멋으로 다가가야 한다. 돌이켜 보니 내가 애써 현대시조가 한을 포용할 것을 강조한 것은 성씨 고가가 내뿜는 분위기 탓도 있었을 것 같다.

우포 인근에 위치한 고가의 누각에서 벌어진 회합. 옛 선비들의 모임이 이러했을 터인데 멋을 더욱 고양시키는 자리가 아니었나 싶다. 비단 현대시조만의 문제는 아니지만 한과 멋이 조화를 이루는 길은 쉽게 찾아지지 않는다. 생활의 애환을 어떻게 우아한 몸짓으로 건져 올릴 것인가. 저 깊은 바닥에 가라앉은 비애는 또 어찌할 것인가. 짙은 물빛 같은 멋을 그려낼 수는 없을까.

우포의 그늘을 좇아 보낸 시간은 고가에서 전개된 세미나 발제에 좋은 발상들을 보태주었다. 원고에 없는 넘침이 있었던 것도 우포에 드리운 구름이며 바람이며 버드나무 가지와 그 사이를 나는 왜가리 때문이라고 할 수 있을까. 아니면 인기척에 달려 나온 들고양이 새끼들 탓일까. 유독 발아래 달려와 애처롭게 울던 한 마리. 자세히 보니 뒷다리를 다친 것. 자기를 구해 달라는 몸짓이 아닌가. 그러나 달리 방도를 찾지 못하고 발길을 돌릴 수밖에 없었다.

삶에서 멋이 뿜어 나오는 지점이 어디일까. 그것은 찬란한 대낮이나 화려한 불빛 속은 아닐 것이다. 제 그림자에도 놀라는 우리는 어둠을 무척 싫어하는 종족들이다. 불빛을 좇아 달려드는 오징어처럼 도시에 몰려들어 돈과 명예와 권세를 추구한다. 그러나 삶의 바탕색은 빛이 아니라 어둠이다. 그럼에도 그림자를 지우고 없애려 드는 것이 인지상정이다. 그림자야말로 허상이 아니라 본디 모습의 흔적들이 아니겠는가. 우포의 깊은 심연과 저 깊은 바닷속 칠흑의 어둠 속이 우리의 기원이 아니겠는가. 그 어둠의 기억을 망각하고 우리가 무엇을 할 수 있을까. 가을이 깊어지면 다시 우포를 찾아야겠다. (2014. 9. 27.)

북항을 바라보며

본래 부산포는 동천 하구 유역에 있었을 것이다. 대개 포구가 형성되는 곳은 하천을 끼기 마련인데 동천과 보수천이 각각 북남 바다로 흐르는 형국이다. 물론 이러한 두 하천이 북항과 남항의 유래는 아니다. 부산이 근대적인 항구도시가 되는 것은 개항 이후인데 일제가 용미산 등을 깎아 매축하여 만든 부두가 북항의 원형이 된다. 북항은 일제시대 관부연락선을 타고 많은 사람들이 서로 다른 의도를 품고 왕래하던 곳이고 해방과 더불어 귀환인파가 몰려들던 공간이다. 또한 한국전쟁이 발발하면서 미군과 물자가 수송되어 오고 숱한 피난민들이 밀려든 항구다. 분단을 맞아 섬이 된 한국이 근대화를 위해 세계로 나아가던 희망의 출구이기도 하다. 이제 북항은 항만 기능을 신항에 이양하고 센트럴 베이라는 이름을 얻으면서 새 단장에 들어갔다.

북항을 이야기하자

일제시대 부산부였던 구시청이 헐리고 그 자리에 롯데백화점과 초고층 롯데월드가 건립 중에 있다. 근대문화유산으로 지정된 영도다리도 새롭게 태어나기 위한 과정에 들어갔다. 일본이 영도를 배후 공업지로 활용하기 위하여 놓은 다리인데 한국전쟁 때는 피난민들이 혈육을 찾아 몰려들었던 애환이 서려 있는 장소다. 영도다리는 사십계단과 함께 많은 스토리를 간직하고 있다. 장소에서 장소감을 느낄 수 있는 것은 그것의 역사성이 보존될 때이다. 텅 빈 북항도 허다한 이야기들을 품고 있음에 틀림이 없다.

소설가 이호철의 등단작 「탈향」의 무대는 3부두다. 피난온 청년들이 위험한 화차를 옮겨 다니며 생존하는 모습이 그려져 있다. 염상섭의 『만세전』을 위시하여 이병주의 『관부연락선』과 같이 잘 알려진 소설은 물론이고 그림엽서며 사진 등 북항을 재현한 자료는 무수하다. 특히 잘 알려지지 않은 북항의 추억을 간직한 사람들이 있을 터인데 이들의 북항 이야기를 이어가는 장이 마련되면 좋겠다.

그동안 북항은 폐쇄형 항만으로 운용되었다. 지금은 재개발을 기다리며 맨살을 드러낸 부두뿐이지만 빈 공간이 새로운 느낌으로 다가온다. 바다로 열린 부두가 우리에게 말을 걸어오고 있다는 생각도 든다. 얼마 전 그린워킹 차원에서 시민들에게 개방한 적이 있지만 그에 그치지 않고 재생 공사가 시작되기 전에, 공사가 진행되더라도 남은 여지에, 야시장이라도 열리면 어떨까 하는 공상을 해본다. 젊은이들이 삼삼오오 모여들어 노래를 부르고 거리의 악사들이 공연을 하고 많은 사람들이 어울려 노니는 풍경이 면전에 펼쳐진다면 황홀하지 않을까?

북항이 재개발된다고 하여도 감만부두를 거쳐 신선대부두에 이르는 공간이 남는다. 경관의 분절은 여전히 피할 수 없다. 북항 재생이 특정 공간에 그치지 않아야 한다는 것은 누구나 아는 일이다. 차제에 북항을 위시한 부산의 항구와 포구를 연계하여 디자인하고 네트워킹하는 방안들을 모색하는 것도 좋을 것이라는 생각이다. 가령 부산대교 건너 봉래동 창고 지역을 보라. 부산대교에서 봉래동 물양장과 그 주변도로를 내려다보다가 그 아래에 서서 낮은 시선으로 해변도로 일대를 둘러보면 확연히 다른 느낌이 온다. 퇴락한 듯하나 색상표에도 없는 색깔을 띤 배들이며 창고와 거리들이 바다와 어울려 묘한 정취를 선사한다.

도시를 보는 두 시선

두 가지 견해가 있다. 그 하나는 도시의 번잡하고 산만한 다양성을 부정적으로 보는 것이고 다른 하나는 이를 창백한 합리주의를 뒤집는 도시의 역동성으로 받아들이는 것이다. 둘 다 맞다는 생각이다. 하지만 절충은 좋지 않은 발상인데, 롯데월드와 봉래동 창고거리가 공존하는 것을 마냥 역동성으로 예찬할 수만은 없는 일이기 때문이다. 북항 주위에는 글로벌 도시의 스펙터클한 이미지로 도색될 롯데월드만 있는 것이 아니다. 영도다리와 같이 잘 알려진 장소와 더불어 정겨운 뒷골목들이 공존하는, 매우 다층적이고 복합적인 공간과 장소가 있다. 그러므로 북항을 매개로 '새로운 도시와 시민들의 합창'을 노래하는 일이 필요하다. 그것은 아름다운 바다와 살맛 나는 거리가 어우러져 인간적인 교감이 일어나는 보행도시를 꿈꾸는 일과 다르지 않다. (2009. 12. 1.)

황학대, 풍경의 상처

원도심에 있는 한 초등학교가 폐교되던 날, 우리가 사는 도시의 변화가 충격으로 와닿았다. 기존의 도심이 부심으로 바뀌는 현상을 경험하면서 도시 팽창과 재생이라는 양면의 문제에 봉착하게 되었다. 지금 그 자리엔 공영주차장이 들어서 있다. 차를 둘 자리를 만들어 사람들을 모으겠다는 발상이다. 주차공간이 부족한 사정이나 열악한 지방재정을 생각할 때 이러한 변신을 탓할 일은 아니다. 그럼에도 다른 방법은 없었을까, 늘 아쉬움이 남는다.

가령 폐교 자리에 부산의 다양한 예술가 집단을 불러 모으는 방법은 어땠을까? 용두산 공원을 무대로 삼은 바 있는 비보이들이며 여기저기 흩어져 있는 극단들, 그리고 젊은 화가들과 음악가들이 작업할 스튜디오로 내놓았다면 하는 후회가 생긴다. 그럴 경우 원도심에 활력을 더하면서 주차 공간 확대와는 다른 방법으로 사람들을 모이게 할 수 있지 않왔을까? 사실 이러한 생각은 문화편향의 사시(斜視)에서 나온 나만의 발상은 아니다. 많은 선진국에서 산업구조가 전환되면서 못 쓰게 된 창고 등을 예술문화공간으로 탈바꿈시켜 문화도시로 거듭난 사례들은 이 자리에서 일일이 예거하지 않아도 될 만큼 허다하다. 최근 대전시 중구청이 임대료 지원을 통하여 예술가들을 옛 도심인 대흥동으로 불러들여 도시재생에 힘을 쓰고 있다는 소식도 들린다.

부산, 다채로운 가능성의 도시

문화예술의 활성화가 도시발전의 원동력이 된다는 '창조도시론'을 굳이 들지 않더라도 산업의 재편으로 창의적인 문화도시 만들기는 우리 지역이 반드시 거쳐야 할 과제가 되고 있다. 그런데 우리가 사는 부산을 찬찬히 들여다보면 매우 복합적이어서 때론 혼란스럽지만 많은 가능성들을 내포하고 있음을 알게 된다. 말할 것도 없이 도심과 부심, 동과 서, 해양과 내륙 간의 현실이 드러내는 편차와 모순이 간과되지 않아야 할 것이지만, 도드라진 결함의 이면에 숱한 장점들이 보석처럼 빛나고 있는 것도 사실이다. 해양이 우리 부산의 근본 자산이라는 데 이견을 달 사람은 드물 것인바, 앞서 말한 도심재생과 동서에 펼쳐진 도농복합 등, 다채로운 발전의 층위를 지니고 있는 것이 우리 부산이다.

최근 반가운 일은 문화계와 시민사회에서 골목을 가꾸고 거리를 인간화하고 장소와 공간들을 사람 사는 이치로 읽으려는 노력들이 활발하게 전개되는 현상이다. 보다 세심하게 우리가 사는 생활세계에 착목하는 일은 우리 지역에 내재한 긍정적 가치들을 발견하고 지켜내려는 일과 무관하지 않다. 우리가 사는 지역은 알게 모르게 신체 속에 각인되어 우리의 삶을 변화시킨다. 장소를 지키고 공간을 가꾸는 행위들은 결국 시민의 심신을 다스리는 일과 같다.

아! 황학대

우연찮게 기장의 죽성 포구에서 맞닥뜨린 일이다. 고산 윤선도의 유배지로도 추정되는 '황학대'의 초라한 모습을 보고 절로 탄식이 나왔다. 방파제를 세우고 해안도로를 건설하는 과정에서 황학대를 중심으로 동쪽과 서쪽에 놓여 있던 바위들이 거의 뭉개져 버리고 없었다. 파도를 막고 길을 내는 일은 마을을 발전시키고 도시를 성장시키는 데 중요한 일이다. 그럼에도 기억될 만한 장소를 보전하면서 도로를 만들었으면 더 좋지 않았을까는 생각을 버릴 수 없다. 풍경이 그것을 바라보는 사람들에게 상처가 된다면 자동차들이 질주할 수 있는 편리하고 효율적인 도로가 만들어져도 그들이 풍경을 외면할 것이 아니겠는가.

우리가 사는 도시를 구체적으로 인식한다는 것은 어찌 보면 무감각해진 우리의 의식을 깨치는 일과 무연하지 않다. 그동안 우리는 반복되는 변화를 경험하면서 의미 있는 장소가 사라지고 공간이 획일화되는 과정을 당연한 것으로 생각하는 경향을 갖게 되었는지 모른다. 황학대 주변에 사는 사람들이 황학대의 날개가 잘리고 인근 바위들이 매축되는 것은 안타깝지만 도로가 나서 편리할 것이니 어찌 하겠는가, 라고 생각하고 있는 것처럼 우리 또한 무감각과 타성의 늪에 빠져 있지는 않은가? (2009. 6. 9.)

•5부•

부산, 문화의 오아시스

리얼리즘, 모더니즘, 해양문학, 추리문학 등
모든 영역에서 부산은, 한국현대문학의
중심적 가치들을 만들어 왔다.

소설가 정태규

근위축성 측삭경화증. '근육이 사라지고 척수의 운동신경 다발이 딱딱하게 굳는다'는 뜻을 지닌, 일명 루게릭병. 이 병의 침입으로 6년째 투병하고 있는 정태규 소설가가 최근 병상에서 『당신은 모를 것이다』라는 책을 발간하였다. 병인을 알 수 없어 여러 병원을 전전하던 일로부터 자신이 루게릭병을 안게 되었다는 충격을 힘겹게 수락하면서 조금씩 나빠지기만 하는 몸의 감옥에 갇힌 자신을 진솔하게 이야기한다. 지금 그는 손과 발을 움직일 수 없고 말도 할 수 없는 상황에 처해 있다. 허리를 뚫어 위루관으로 영양을 주입하고 기관지를 절개하여 인공호흡기로 숨을 쉰다. 병상에 누운 채 오로지 안구 마우스로 소통한다.

작가는 일찍이 문재를 드러내었다. 학창시절에 시를 쓰기도 하였으나 소설쓰기의 열망에 휩싸이면서 단편소설로 대학문학상을 수상한 뒤에 작가의 길을 걷는다. 20대 중반에 신춘문예 당선의 기회를 놓치는 불운도 겪는다. 해당 신문사에서 당선 확인을 하였으나 하숙집을 떠나 연락이 닿지 않았기 때문이다. 요즘처럼 통신이 발달한 시대가 아니었다. 1990년 부산일보 신춘문예를 통해 등단의 절차를 거치면서 본격적인 활동을 시작한다. 1994년 첫 창작집 『집이 있는 풍경』의 발간으로 오래 쌓아온 내공을 유감없이 발휘한다. 1996년에 쓴 「길 위에서」로 제1회 부산소설문학상을 수상한다. 한 독지가가 출연하여 한 해 동안 나온 작품 가운데 가장 우수한 작품을 공정하게 심사하여 상을 주는 멋진 제도이다. 많은 선배들을 제치고 첫 수혜자가 되는 영광을 안았다. 소설을 쓰는 한편 대학원에서 소설의 공간, 예술가 소설을 연구하여 박사학위를 받는다. 2007년 두 번째 소설집 『길 위에서』를 내면서 문단 내 자신의 위치를 확고히 하였다.

교사였던 그는 학교에서도 중책을 맡아 많은 일을 수행했다. 공무에서 놓여나면 늦은 밤까지 글을 썼다. 가장으로 생계를 책임져야 하는 중압감에 쉽게 전업 작가의 길로 나서지 못한다. 부산작가회의 회장과 부산소설가협회 회장이라는 지역문학의 책무도 완수한 마당이고 아이들도 대학에 진학하는 등 이제 다시 소설에 매진하려는 결심을 다잡을 즈음 질병이 그를 급습한다. 신이 있다면 너무나 야속하다. 불굴의 의지로 2012년에 에세이집 『꿈을 굽다』를 발간하고 2014년 평론집 『시간의 향기』와 소설집 『청학에서 세석까지』를 상재한다. 질병이 역설적으로 만든 전업 작가의 공간에서 소설을 생각하는 나날을 살고 있다.

아직 말을 할 수 있을 초기에 작가는 아내와 함께 소설을 썼다. 단편 「비원」은 작가가 구술하고 그의 아내가 타이핑한 작품이다. 목의 근육마저 소실된 시점에 안구 마우스로 한 자 한 자 써나간 작품이 「갈증」이다. 한 달에 걸쳐 이 소설을 완성하였다. 건강할 때라면 사나흘에 썼으리라 짐작한다. 안구 마우스는 자판으로 눈을 옮긴 후에 눈을 깜빡여 자음과 모음을 이어가게 한다. 음성 변환도 가능하다. 찾아온 친지에게 그는 담담하게 인사말을 전한다. 작가는 페이스북에 가입하여 많은 소통을 해왔다. '모범 작문'을 연재하고 과거에 발표한 칼럼을 올리기도 하였다. 그는 오랫동안 자신의 고통을 드러내지 않았다. 그와 소통하고 있는 수많은 이들이 그의 처지를 깡그리 몰랐다.

정태규는 여전한 소설가이다. 인공호흡기에 의존하는 극한 상황에서도 존재와 삶에 대한 사유와 명상을 멈추지 않는다. 병상에서 쓴 글을 모은 『당신은 모를 것이다』를 읽어 보라. 존재의 품격을 지닌 한 인간, 나아가 숭고한 인품을 만나게 되리라. 그는 고통을 이겨내면서 영혼의 언어로 우리에게 말을 건넨다. 우리는 늘 고통과 연대하자고 외친다. 정작 고통에 직면하면서 그러한 외침이 공허한 메아리가 되는 경우를 많이 본다. 자신의 고통을 인식하고 극복하는 이야말로 진정으로 타인을 염려할 수 있다. 소설가 정태규, 그는 형언할 수 없는 병상에서 소설을 쓰고 시를 쓰며 우리를 위로하고 격려한다. (2017. 11. 28.)

부산은 현대문학의 메카다

부산을 한국현대문학의 메카라고 하면 대부분 사람들은 의아해할 것이다. 어떤 이는 한국전쟁 당시 임시수도가 되었던 부산에 대거 몰려든 문인들을 떠올리면서 사라진 시대에 대한 낭만적인 추억이라 꼬집을지도 모르겠다. 하지만 부산은 분명 한국현대문학의 메카다.

최남선의 「해에게서 소년에게」가 발표된 1908년을 기점으로 우리는 지난해에 한국근대문학 100년을 기념한 바 있다. 근대문학 전반과 더불어 특히 근대시 100년을 기념하는 행사가 빈번하였다. 그런데 그 세부를 들여다보면 놓치고 있는 측면이 없지 않다. 그 하나는 해양문학이고 다른 하나는 추리문학이다.

최남선의 첫 신체시가 해양문학이라고 한다면 한국근대해양문학 100년에 대한 기념이 있을 법하나 이에 대한 행사는 아쉽게도 없었다. 다행히 최초의 추리문학인 이해조의 『쌍옥적』이 1908년 발표된 것을 기념하여 한국근대추리문학 100년에 대한 기념행사가 인천에서 열린 바 있다.

해방 이후를 현대라고 할 때 부산은 한국현대문학 메카이다. 한국해양문학 100년의 성과를 일군 부산 작가들이 있다. 1960년대 근대화와 더불어 발달한 해운과 원양어업에 발맞춰 김성식과 천금성 같은 세계적인 해양작가를 배출한 도시가 부산이다. 선장시인인 김성식의 시는 한국현대 해양시를 대표하는 데 손색이 없다. 천금성의 해양소설은 그 내용이나 규모에 있어서 우리나라의 다른 지역은 물론 세계 어느 나라에서도 필적할 이를 찾기 힘들다.

해양문학과 추리문학의 중심도시

근대의 과학정신을 바탕으로 하는 추리문학에 있어서도 일제시대의 김내성 이후 현대한국추리문학을 대표하는 이는 김성종인데 이 또한 부산의 작가이다. 그가 작가로서 그 성취를 확연히 드러낼 시기에 부산에 정착하는 행운을 우리 지역이 안게 되었지만, 그의 추리문학이 지닌 스케일을 수용하기에 해양도시 부산이 적합했다는 생각도 가능하다.

이처럼 부산은 한국현대 해양문학과 추리문학의 중심도시라 해도 지나침이 없다. 그럼에도 부산의 문인과 시민들은 이러한 사실을 자주 간과한다. 두 장르가 모두 주류가 아니라는 편견이 없지 않은 탓이다.

본격적인 현대문학의 본거지도 부산

그런데 소위 주류라고 하는 본격적인 현대문학의 본거지도 알고 보면 부산이다. 현대모더니즘 문학을 이끈 '후반기' 동인들이 부산에서 활동한 것이 1950년대 초반 한국전쟁 당시라는 사실을 염두에 둘 수도 있다. 하지만 이보다 전쟁의 경험을 실존적 정신분석으로 끌어 올린 고석규를 1950년대 한국현대문학을 대표하는 모더니스트로 볼 수 있다. 아쉽게도 그는 젊은 나이에 요절하였으나 김준오에 의해 모더니즘의 부산 중심성이 유지되고 확산되었다.

현대리얼리즘에 있어서 요산 김정한의 존재는 그 대표성을 재론할 필요가 없을 만큼 확고하다. 지난해 탄생 100주년을 맞아 전국적인 규모의 기념행사를 치른 것도 사실이다. 사정이 이러하다면 리얼리즘과 모더니즘에 걸쳐 부산은 한국현대문학의 현대성을 구현한 도시라 해도 무방하다.

한국현대문학의 메카로서의 부산! 이는 나만의 공상이 아니다. 리얼리즘, 모더니즘, 해양문학, 추리문학 등 모든 영역에서 부산은, 한국현대문학의 중심적 가치들을 만들어 왔다.

문제는 이 소중한 가치를 부산이 제대로 인식하고 있는가 하는 것이다.

해양도시 부산에서 세계를 향해 열린 문학정신을 활짝 펼칠 수 있다면 얼마나 좋을까? 근대문학 100년을 보내고 올해를 새로운 원년으로 삼아 부산의 문학이 21세기 한국문학의 메카로 거듭나는 방안을 토론하는 장을 열었으면 한다.

(2009. 1. 6.)

하멜과 해양문학

뜬금없다. 헨드릭 하멜과 해양문학이라니. 그럼에도 1653년 제주에 표착한 하멜을 통하여 해양문학을 이야기하려 한다. 하멜은 네덜란드 동인도회사 직원으로 지금의 자카르타인 바타비아에서 서기로 근무하였다. 흔히 동남아해역은 해양 만다라에 비유된다. 그만큼 바다를 통한 교역 네트워크가 활발했다. 하멜은 상선 스페르웨르를 타고 타이완을 거쳐 일본 나가사키를 향하다 태풍을 만나 일행 36명과 제주에 상륙한다. 이때 이들을 통역한 이는 이보다 먼저 표류하여 조선에 귀화한 박연(네덜란드 이름은 얀 야너스 벨테브레이)이다.

제주 산방산 용머리해안에 그가 타고 온 배의 모형으로 만든 하멜선상전시관이 있다. 여수에 하멜등대가 있는가 하면 강진 전라병영성지에는 하멜기념관이 있다. 2002년 네덜란드 출신 히딩크 감독이 이끈 월드컵 축구가 촉발한 측면도 없지 않다고 한다. 히딩크를 통하여 하멜과 네덜란드를 생각하고 그것을 기념하면서 네덜란드와 교류하는 일로 발전한다. 하멜 일행의 빈번한 탈출 시도로 관리가 어려워진 조정이 이들의 소속을 한양 훈련도감에서 전라병영성으로 옮기게 되었으나, 강진, 남원, 순천, 여수에 분산되어 있던 이들 가운데 여수에 있던 하멜의 주동으로 일곱 명이 1666년 나가사키로 탈출한다. 하멜은 조선 조정과 남은 동료들의 석방 교섭을 이룬 뒤에 귀국하여 보고서를 남겼는데 그것이 『하멜 표류기』이다.

근대문학의 출발로 삼는 소설은 세르반테스의 『돈키호테』와 다니엘 디포의 『로빈슨 크루소』이다. 둘 다 변화하는 세상에 주체로서 대처하는 인물을 그렸다. 다니엘 디포는 상인의 아들로 태어나 언론 활동으로 정치에 관여하거나 사업을 하다 거듭 실패를 경험한 인물이다. 그가 영국 동인도회사에 관여한 시기가 1700년대 초반이고 이때 보고 들은 이야기를 바탕으로 1719년 출간한 소설이 『로빈슨 크루소』이다. 이 소설이 지닌 제국주의적 경향은 비판 받아 마땅하다. 그럼에도 이를 서구 근대소설의 첫머리에 두는 시각을 눈여겨볼 필요가 있다.

서구세계가 지중해에서 대서양으로 바뀐 것을 대양적 전환이라고 한 이는 카를 슈미트이다. 대양적 전환으로 스페인과 포르투갈의 대항해시대에 이어 네덜란드와 영국이 동인도회사를 경영한다. 교역으로 돈을 번 암스테르담 상인들은 변질되지 않는 유화 물감으로 그린 회화를 발달시켰다. 시대와 자기를 기념하기 위한 방편이었다. 다니엘 디포가 『로빈슨 크루소』를 발표한 때보다 50여 년 이전에 우리는 박연을 만나고 하멜 일행과 맞닥뜨렸지만 대양적 세계에 관심이 없었다. 이는 일본이 나가사키를 통해 네덜란드의 지식을 수용한 것과 비교가 된다.

『로빈슨 크루소』는 달리 해양소설이라 할 수 있으며 서구의 해양소설은 해양경제와 해양근대성의 재현으로 하나의 전통이 되었다. 그런데 한국의 해양소설은 어떨까? 대양적 전환, 해양경제, 해양근대성 등을 충족하는 해양문학이 등장하는 것은 1970년대 초반이다. 1960년대 후반에 전개된 근대화가 상품수출과 원양산업을 주축으로 삼으면서 드디어 본격적인 해양문학가들이 등장한다. 해양시를 쓴 김성식 선장과 해양소설을 쓴 천금성 선장이 그 주역들이다.

에드워드 사이드도 말했지만 해양문학을 말할 때 우리를 비하하는 오리엔탈리즘을 감수할 수밖에 없다. 그만큼 해역이나 대양에 대한 인식이 지체된 것이 사실이다. 이러한 의식 지체는 우리의 실제 모습이다. 1592년 임진년에 발발한 7년 전쟁과 20세기에 겪은 40여 년의 식민 지배도 이러한 대양적 세계로의 전환에 무심했던 응보가 아닐까? 그저 하멜을 기념하기 위한 것이 아니라면 해역세계를 생각해야 한다. 단지 바다를 그리는 것이 아니라 거기에서 일하는 사람들의 삶의 양식을 재현하는 것이 해양문학이라고 한다면 해역의 경험과 대양의 모험은 필수이다. 동아시아 지중해의 결절지인 주변부 부산에서 본격적인 해양문학이 전개되었다는 사실을 거듭 되새길 필요가 있다. (2016. 9. 27.)

해항도시 부산과 해양문학

세르반테스와 셰익스피어가 같은 해, 같은 날짜에 죽었다는 사실이 신기하다. 둘 다 1616년 4월 23일 작고한 것으로 기록하고 있다. 레판토 해전에 참전하였다 한 팔을 잃고 해적에게 잡혀 고초를 겪기도 한 세르반테스는 호구지책으로 『돈키호테』를 썼다. 유대인 출신이라 차별받던 현실을 글쓰기로 해결한 셈이다. 그는 대양을 향한 스페인 제국의 트렌드에 편승하지 않고 우의와 풍자를 선택한다. 반면 셰익스피어는 1609년 영국 플리머스에서 신대륙 버지니아로 가다 난파한 '시벤처호'를 주목하여 그 파선기록을 조사하는 한편 무역업자와 탐험가를 탐문하여 「폭풍」을 쓴다. 실제 그는 무역업자의 후원을 받기도 하고 식민지 개척의 선봉인 '버지니아회사'에 투자하기도 한다.

두 사람의 문학은 스페인이 퇴조하고 영국이 부상하는 현실을 반영한 듯 보이지만 구교 중심의 왕정체제인 스페인과 신교 중심의 공화정을 열어둔 영국의 차이와 무관하지 않다. 해양경제에 대한 일반인의 관심과 참여는 네덜란드와 영국에서 더 적극적이었다. 의회와 시민사회가 발달한 네덜란드에서 해양화(marine picture)가 발달하고 영국에서 해양화는 물론 다니엘 디포와 같은 인물이 해양소설을 쓰게 된다. 그는 영국 동인도회사에서 일하면서 『로빈슨 크루소』를 구상하였다. 근대소설을 출발로 『돈키호테』를 내세우는 이들이 있는가 하면 1719년 발표된 『로빈슨 크루소』를 앞세우는 이들도 적지 않다.

여기서 일단 근대소설의 발흥에 대한 논란은 미뤄두고 『로빈슨 크루소』가 근대의 해양경제라는 토대 위에서 생산되었다는 점을 생각하자. 대서양에서 인도양을 거쳐 태평양으로 나아가는 '남해회사'의 구상에 맞물려 이 소설이 쓰인 것이다. 어떤 의미에서 서구 근대문학은 해양문학(maritime literature)에서 시작하였다고 해도 과언은 아니다. 대양으로 나아가면서 거대한 전환이 있었고 이를 배경으로 많은 작품이 생산되었다. 조너선 스위프트의 『걸리버 여행기』(1726)와 윌리엄 골딩의 『파리대왕』(1954), 그리고 미셸 투르니에의 『방드르디, 태평양의 끝』(1967)은 『로빈슨 크루소』와 맞서면서 그 계보를 잇는다.

이쯤에서 에둘러 한국의 해양경제가 발전한 시기를 묻는다. 최남선의 자유대양을 향한 의지가 대륙으로 귀환하고 근대를 향한 정지용, 김기림, 임화 등 식민지 문인들의 열망이 현해탄에 머문 것은 두루 아는 바이다. 제국에 갇힌 바다는 1945년 해방되었다. 하지만 해양경제는 1960년대 후반에 이르러 궤도를 형성한다. 수출주도형 성장정책으로 우리의 시야 속에 대양이 들어오게 된다. 천금성의 「영해발부근」(1970)이나 김성식의 「청진항」(1971)과 같은 해양문학이 원양어선과 상선이 매개된 해양경제의 바탕 위에서 눈부시게 부상한다. 물론 그 사이 대한해운공사 사무장이었던 박인환이 1955년 남해호를 타고 태평양을 오간 일이 있었다. 이를 통해 「태평양에서」와 같은 해양여행시를 남겼다.

해항도시 부산은 한국 해양경제를 일으킨 무대이자 한국 해양문학의 토대를 형성한 장소이다. 대양(ocean)과 해사(maritime)는 해양문학의 요건이다. 바다를 식민화하거나 지식과 정보 그리고 상상으로 해양을 포획하는 데 그칠 일이 아니다. 추리소설과 추리기법이 다르듯이 해양소설과 해양모티프는 같지 않다. 해양소설은 엄연한 장르이다. 그것은 해항도시와 대양을 배경으로 삼으면서 항해의 서사를 다채롭게 구성하는 가운데 선원의 노동과 삶의 양식을 재현한다.

해양문학은 아직 소수문학의 자리에 있다. 천금성과 김성식이 열어젖힌, 반세기에 못 미치는 역사 속에서 요동하고 있다. 본격 해양문학의 기초를 만든 부산이 더 큰 애정을 기울여야 할 때다. 대양은 여전히 우리를 기다리고 있고 해양문학의 도시 부산 또한 해역을 향한 지난한 걸음을 멈추지 않는다. 그러나 해양경제가 진보한 만큼 해양문화가 성장한 것은 아니다. (2017. 6. 6.)

부산 오페라하우스가 설 자리

북경의 대산자(大山子) 798 예술구와 서울 문래 3가는 문화예술을 통한 도시 재생 사례로 널리 알려져 있다. 공장지역 창고에 북경의 예술가들이 모여들어 예술구를 형성한 것처럼 문래동 철재상가 단지에 서울의 예술가들이 작업공간과 커뮤니티를 이루었다. 그런데 이들 지역이 상업지구나 아파트 단지로 도시계획이 변경되면서 문제가 유발되고 있다.

대산자와 문래 3가처럼 문화정책과 도시계획이 상충하는 경우는 개발이 앞선 가치가 되고 있는 지역에서 충분히 예견된다. 낙후한 공간을 예술가들이 주체가 되어 새롭게 변모시켜 놓았지만 이에 비례하여 토지를 상업적으로 재개발하려는 움직임 또한 더 커지고 있는 셈이다. 이러한 모순을 해결하기 위한 방안이 강구되어야 하는데, 도시계획의 단초에서 문화예술의 위상을 제고하는 일을 통해 가능할 것이라 생각한다.

최근 우리 부산에서도 문화예술을 통한 도시재생의 움직임들이 일고 있다. 장림 무지개 공단의 끝머리 창고건물에 들어선 '아트팩토리 인 다대포'를 들 수 있는데 새로운 공예운동의 시발로 보아도 지나침이 없다. 또한 사상구 괘법동에 '국립중앙도서관 부산분관'이 계획되면서 서부산권을 창조도시형으로 개발하자는 여론이 조성되면서 이를 실행하기 위한 거버넌스가 형성되고 있는 사실을 생각하게 된다.

문화예술을 통한 도시재생

산업재편의 한 축을 예술가들이 담당하여 공예도시로 거듭난 이탈리아 볼로냐나 섬유산업의 침체로 방적공장을 예술가들에 내어놓아 문화예술도시로 거듭난 일본의 가나자와는 창조도시의 대표적 모형으로 꼽힌다. 무지개공단에서 시작되고 있는 공예운동이 미래 명품도시 부산의 밑거름이 되기를 기대해 본다. 다른 한편 낙후지역에 문화예술기반시설을 유치함으로써 그 지역을 변화시키는 정책도 의미가 있다. 런던의 템스강 주변 공업지대가 문화지구로 재건된 일이 시사하는 바처럼 국립중앙도서관 유치는 회색 이미지로 그려지고 있는 사상지구를 청색으로 바꾸는 첫걸음이 될 것이라 생각한다.

요즘 들어 도시디자인과 도시인문학에 대한 논의가 자못 활발하다. 보행커뮤니티를 위시하여 창조카페 혹은 창조포럼이라 불러도 됨직한 소모임들이 활발해지고 있다. 그저 한때의 유행으로 보이지 않는 것은 도시민의 수준과 역량이 커졌고 거주공간에 대한 인식이 달라진 사실에서 알 수 있다. 그만큼 알고 보면 부산이 살 만하고 가능성이 많다.

대규모 테마파크의 환상

이참에 부산 오페라하우스의 입지를 둘러싼 논의가 전향적일 필요가 있다는 생각이 든다. 북항재개발이라는 기존의 틀에 얽매이지 않고 이 문제를 달리 보자는 뜻이다. 그동안 우리는 시드니나 두바이 등 대규모 테마파크의 환상에 설득되어 있었다. 하지만 순차적으로 지금의 폐쇄형 항만시설을 개방형으로 바꾸는 작업부터 진행하는 것이 좋을 것 같다. 싱가포르항이나 고베항의 친수공간에서 커피를 마시면서 대형 상선이 드나드는 것을 구경할 수 있듯이 우리 부산항이 열린 공간으로 바뀌었으면 좋겠다.

세계적인 금융위기 이후 위축되고 있는 두바이 프로젝트를 반추하면서 기존에 만들어진 북항재개발의 환상에서 놓여나 여유를 갖고 토론에 임할 시점이 아닌가 한다. 차제에 오페라하우스를 하야리아 시민공원에 유치하는 정책 전환이 있어도 무방하다고 나는 믿는다. 굳이 해양도시 부산을 상징할 랜드마크로 오페라하우스를 고집할 까닭은 없는 것이다. 아울러 기존의 계획이 시드니의 모방이라면 더욱 그러한 일이 아닐까? 북항재개발이 늦춰지는 한편 "인간과 환경, 도시의 조화"라는 시민공원 조성 컨셉과도 배치되지 않는다면 낙후된 지역을 문화기반시설과 시민공원으로 재생한다는 차원에서 적극적으로 검토하면 좋겠다.

이제 우리는, 문화예술가들의 자발적인 참여를 긍정적으로 수렴하고 문화예술을 매개로 진화하는 도시개발정책 패러다임의 전환기를 맞고 있다. 도시개발정책에서 문화예술이 뒷전으로 밀려나거나 무시되는 시대가 지나가고 있다. 이 점에서 대규모 테마파크의 환상에서 놓여나 실질적인 차원에서 부산 오페라하우스가 설 자리를 궁리할 때가 아닌가 한다. (2009. 7. 14.)

부산, 문화의 오아시스

“부산은 문화 오아시스였어요. 경부선 열차를 타고 내려올 때 차창 밖엔 끝없는 잿빛 풍경뿐이었어요.” 유현목 감독의 미망인 박근자 여사가 제1회 유현목영화예술상을 시상하는 자리에서 한 말이다. 1958년 ‘잃어버린 청춘’으로 제1회 부일영화상을 수상하게 된 남편 유현목 감독과 함께 부산으로 내려오면서 풍경을 통해 받은 그녀의 감회이지만, 지난 10월 초 제18회 부일영화상 시상식에 참석한 나의 가슴에 큰 여운으로 남았다. “아, 50년대”라고 전후의 폐허를 절규한 고은 시인을 모르는 바 아니나 박 여사의 “부산, 문화의 오아시스” 라는 표현이 또 한 번 가슴을 친다.

한국전쟁의 참화가 할퀴고 가지 않은 곳은 없었지만 부산은 유일하게 그로부터 비껴나 있었다. 피란시절 부산에 몰려온 예술가들이 한둘이었던가? 임시수도라는 말이 상징하듯 부산은 전 국토가 전장이 되었다는 외부 요인으로 한국문화사의 한 정점을 이룬 적이 있다. 하지만 서울 수복과 뒤이어 진 휴전과 더불어 부산에 왔던 문화예술인들이 썰물처럼 빠져나간 것도 사실이다. 이러한 50년대 말에 부일영화상이 만들어지면서 폐허의 극장에 오아시스가 펼쳐지게 되었다. 참으로 묘한 병치가 아닐 수 없다.

폐허의 극장에서 만난 오아시스

전후의 많은 사람들이 슬픔과 절망을 안고 어두운 극장에 웅크려 밝은 영사막으로 시선을 집중하면서 위안을 얻고 희망을 생각하지 않았을까? 적어도 유현목 감독의 영화가 그러한 의도를 지녔다고 보는데 그와 그의 아내에게 부산이 오아시스와 같았다는 진술은 결코 가벼운 찬사의 수사(修辭)로 비치지 않는다. 그만큼 부산은 찢겨진 국토에서 희망의 출구였다.

작년에 1973년 제16회로 중단되었던 부일영화상이 부활하였고 이에 덧붙여 올해 부일영화상이 낳은 거장 유현목 감독을 기리는 유현목영화예술상이 제정되었다. 근대화의 길목에서 끊어졌던 전통이 21세기 세계화 시대와 더불어 재생되었다는 생각이 든다. 돌이켜 보면 7, 80년대의 부산은 한국의 관문이자 제2도시로 우리나라 경제성장을 이끌어가는 도시였다. 분단으로 섬이 된 한국이 나아갈 곳은 해양인데 그 전진의 기지가 부산이었다. 그런데 부일영화상이 시행되지 않은 시기는 부산이 근대도시로 발달하는 시기와 맞물리는데 경제성장의 분주한 움직임이 더 큰 과제가 되었을 것이라 짐작한다.

21세기 문화 네트워크 도시, 부산

많은 이들이 한국의 관문이자 제2도시 부산의 위상이 추락하고 있는 것이 아닌가 염려하고 있다. 냉전체제가 와해되어 중국과 교역이 활발해지면서 수도 서울의 관문인 인천이 되살아나는 것은 자연스러운 일이다. 그렇다면 부산이 갈 길은 어디인가? 역시 동아시아의 관문 도시라는 지위를 확대하는 일이 중요할 터인데 이와 병행하여 다시 문화의 오아시스를 꿈꾸는 방안이 요긴하다고 생각한다. 그런데 동아시아 관문 도시 부산을 완성하는 일은 바닷길과 하늘길이 모두 열릴 때 가능하기에 대규모 신공항은 필수적이다. 또한 네트워크 도시로서 충분한 문화 인프라를 갖추어야 한다.

세계화 시대를 맞아 '국가에서 도시로' 발전의 패러다임이 바뀌고 있다고 말하고 있지만 여전히 국가의 정책은 도시의 자율성보다 우위에 있으므로 부산을 제2도시라는 명칭에 상응하는 내용을 담아가는 것은 국가가 해야 할 일이다. 이와 함께 부산 또한 관문도시로서, 네트워크 도시로서 갖추어야 할 문화 인프라를 구축하는 일이 시급하다.

제14회 부산국제영화제가 열렸고 제18회 부일영화상 시상식이 있었다. 아시아영상문화중심도시 부산의 꿈은 현재 진행형이다. 이러한 가운데 50년대 말 문화 오아시스로서의 부산의 추억이 던지는 의미가 강렬하다. 당시처럼 절박한 갈증을 해소할 오아시스는 아니겠지만 부산이 동아시아의 문화 허브가 되는 꿈을 꾸는 것은 결코 헛된 공상이 아니라 생각한다. 하늘길이 열려 다양한 세계인들이 내왕하고, 아름다운 항구가 그들에게 휴식과 기쁨을 선사하는 도시로 바뀔 때, 부산은 반드시 동아시아의 푸른 문화 오아시스로 거듭날 것이기 때문이다. (2009. 11. 3.)

부산은 늙은 도시인가

기독교에서 말하는 심판의 날에 죽은 이들이 어떤 모습으로 부활할까? 아마 신학자들은 이에 대한 답을 갖고 있을 터이지만 늘 궁금한 의문으로 뇌리를 떠돈다. 사망 당시의 모습으로 사람들이 부활한다면 천국이든 지옥이든 오늘날의 고령화 추세에 비춰 노인들로 그득할 것이다. 그러나 자신이 노인으로 영생을 얻기를 바라는 이가 얼마나 되겠는가?

부산은 자주 늙은 도시라는 말을 듣는다. 단순하게 다른 도시에 비하여 노년층이 두텁다는 이야기만은 아닌 듯하다. 도시의 활력이 많이 떨어졌다는 이야기이다. 세계적인 규모의 산업재편에 따라 부산의 주력이었던 다수의 제조업들이 사양길을 걸으면서 도시의 생산력이 크게 저하되었다. 자본주의 도시발달사에 기댈 때 부산은 노년에 이른 것임에 틀림이 없다. 그래서 많은 이들이 재생, 르네상스, 창조를 부르짖는다. 다시 부활하자는 힘겨운 외침이다.

확실히 부산은 달라지지 않으면 안 된다. 이는 공장을 더 짓고 도시의 외연을 넓히는 일을 뜻하는 것이 아니다. 이보다 눈을 안으로 돌려 자신이 지닌 고유의 가치와 내재된 능력을 찾아 그것을 통해 새로운 미래를 열어가야 한다는 의미를 내포한다. 그야말로 새로운 창의의 길을 걸어야 한다는 것이다. 그런데 이러한 길은 아무도 가지 않는 길이 아니라 선진국 여러 도시들이 문화도시, 창조도시, 환경도시 등의 이름을 걸고 이미 지나간 길이다. 또한 우리나라 안에서도 많은 도시들이 이 길을 가겠다고 발 벗고 나서고 있다.

젊음을 무조건 찬양하는 것은 옳지 않다. 간혹 청춘예찬이 노동력에 대한 자본의 찬양과 분별되지 못하는 경우도 없지 않다. 말할 필요도 없이 어림과 젊음과 늙음은 우리네 삶을 구성하는 필연적인 양상들이다. 그렇기에 이들 모두는 소중하게 여겨져야 한다. 어린이를 보호하고 노인을 공경하는 것은 그 어떤 살림살이에서도 당연한 일이다. 이러한 전제하에서 도시의 생명력을 이끌어내는 청년들을 생각하게 된다.

부산을 재창조하자는 것은 늙은 도시를 젊은 도시로 바꾸자는 말과 다를 바 없다. 그러나 이를 인위적인 세대교체로 오해하진 말자. 무엇보다 창조적인 젊은이들이 신바람이 나는 도시가 되면 좋겠다는 열망을 말하고자 한다. 젊은이들이 많이 모이는 서면이나 대학가를 가보라. 그들로부터 뿜어져 나오는 열기가 느껴지지 않는가? 젊은 도시는 이처럼 젊은 이들이 창의력을 발휘할 수 있는 장을 활짝 열어주는 도시라 할 수 있다. 그런데 이러한 젊은이들이 부산을 떠난다는 우울한 소리가 들린다.

젊은 도시는 젊은이들이 그 도시를 떠나지 않을 뿐 아니라 젊은 생각을 가진 사람들이 몰려드는 도시이다. 요즘 유행하는 창조도시라는 말에는 창조적인 사람들이 만드는 도시라는 개념이 담겨 있다. 그렇다면 부산은 젊은이들을 잡아두고 창조적인 아이디어를 가진 사람들을 유인할 수 있을까? 지금 당장의 모습은 그렇지 못하다고 하겠다. 그렇다면 어떻게 해야 하는가? 우선 젊은 문화들이 억압되거나 주변화되지 않도록 새로운 문화들의 활력을 이끌어내는 일이 요긴하다. 도시의 장소와 공간을 문화적으로 가꾸고 창의성에 기반한 여러 산업들이 젊고 창의적인 인재들에 의해 발전할 수 있도록 도시의 경제적 환경을 변화시켜야 한다.

늙은 도시 부산을 젊은 도시로 재생하는 일이 쉬울 까닭이 없다. 자신의 늙음을 모르고 젊은 날의 사진첩을 부여잡고 노스탤지어의 흔적을 찾으려 든다면 부산의 르네상스는 결코 이루어지지 않는다. 우리가 사는 부산은 그저 비방하거나 내쳐버려도 되는 도시가 아니다. 그것은 우리가 욕망하며 소통하고 사랑해야 할 거울 속의 자기 자신에 다를 바 없다. 그러므로 늙은 도시 부산을 젊은 도시로 이끄는 대전환의 시민운동이 시작되어야 한다. (2010. 12. 9.)

시인의 공책

초판 1쇄 발행 2018년 7월 10일
2쇄 발행 2019년 3월 13일

지은이 구모룡
펴낸이 강수걸
편집장 권경옥
편집 이은주 윤은미 강나래
디자인 권문경 조은비
펴낸곳 산지니
등록 2005년 2월 7일 제333-3370000251002005000001호
주소 부산시 해운대구 수영강변대로 140 BCC 613호
전화 051-504-7070 | 팩스 051-507-7543
홈페이지 www.sanzinibook.com
전자우편 sanzini@sanzinibook.com
블로그 http://sanzinibook.tistory.com

ISBN 978-89-6545-536-3 03810

* 책값은 뒤표지에 있습니다.
* 이 도서의 국립중앙도서관 출판예정도서목록(CIP)은 서지정보유통지원시스템 홈페이지(http://seoji.nl.go.kr)와 국가자료공동목록시스템(http://www.nl.go.kr/kolisnet)에서 이용하실 수 있습니다.(CIP제어번호: CIP2018020294)

:: 산지니 문학 ::

동네 헌책방에서 이반 일리치를 읽다 윤성근 산문집
이렇게 웃고 살아도 되나 조혜원 산문집
지리산둘레길 그림 편지 이호신 그림 | 이상윤 글
산골에서 혁명을 박호연 에세이
THE WONDERFUL STORY CLUB ShinJi Park
구텐탁, 동백아가씨 정우련 산문집
을숙도, 갈대숲을 거닐다 이상섭 르포 산문집
500파운드와 자기만의 방 정문숙 수필집
이니스프리, 그 이루지 못한 꿈 김완희 산문집
지리산 아! 사람아 윤주옥 지음
촌놈 되기 - 신진 시인의 30년 귀촌 생활 비록 신진 지음
초월명상과 기 수련 김노환 지음
그 사람의 풍경 화가 김춘자 산문집
生을 버티게 하는 문장들 박두규 산문집
저승길을 물어서 간다 박선목 수필집
지역에서 행복하게 출판하기 강수걸 외 지음
*2015 출판문화산업진흥원 우수출판콘텐츠 선정도서
귀농 참 좋다 장병윤 지음
기차가 걸린 풍경 나여경 여행산문집 *2013 문화예술위원회 우수문학도서
길 위에서 부산을 보다 부산 스토리텔링북 | 임회숙 지음
감천문화마을 산책 임회숙 지음
이야기를 걷다 조갑상 지음 *2006 문화예술위원회 우수문학도서
불가능한 대화들 염승숙 외 18인 지음 *2011 문화체육관광부 우수교양도서
불가능한 대화들 2 정유정 외 15인 지음
문학을 탐하다 최학림 지음 *2013 부산문화재단 우수도서
모녀 5세대 이기숙 지음 *2015 한국출판문화산업진흥원 청소년 권장도서

나는 나 가네코 후미코 옥중 수기 | 가네코 후미코 지음 | 조정민 옮김
짬짜미, 공모, 사바사바 최문정 지음
동백꽃, 붉고 시린 눈물 최영철 산문집 *2008 문화예술위원회 우수문학도서
의술은 국경을 넘어 나카무라 테츠 지음 | 아시아평화인권연대 옮김
북양어장 가는 길 미시적 사건으로서의 1986~1990년 북태평양어장 | 최희철 지음
히말라야는 나이를 묻지 않는다 이상배 지음
지하철을 탄 개미 김곰치 르포산문집 *2011 한국도서관협회 우수문학도서
나의 아버지 박판수 안재성 지음
신불산 빨치산 구연철 생애사 | 안재성 글·구연철 구술
유쾌한 소통 박태성 지음
늙은 소년의 아코디언 김열규 산문 *2012 한국도서관협회 우수문학도서
현재는 이상한 짐승이다 전성욱 지음
아버지의 구두 양민주 수필집 *2015 원종린 수필문학상 작품상
우리는 행복하기 위해 세상에 왔다 구정회 산문집
봄날에 만난 아름다운 캠퍼스 목학수 지음
브라보 내 인생 손문상 화첩 산문집
유배지에서 쓴 아빠의 편지 박영경 지음
길에게 묻다 동길산 산문집
미완의 아름다움 이상금 산문집 *2009 문화체육관광부 우수교양도서
김석준, 부산을 걷다 김석준 지음 | 화덕헌 사진
석당 일기 석당 정재환 지음
왜 사느냐고 묻거든 박병곤 칼럼집
랄랄라 책 책으로 성장하는 청춘의 모습 | 책 읽는 청춘 지음